Pizzaria Brasil

DA ABERTURA POLÍTICA À REELEIÇÃO DE LULA

DEVIR LIVRARIA

PIZZARIA BRASIL

DA ABERTURA POLÍTICA À REELEIÇÃO DE LULA

cláudio

DEVIR LIVRARIA

PUBLISHER: Mauro M. dos Prazeres
DIRETOR GERAL: Walder Yano
DIRETOR EDITORIAL: Douglas Quinta Reis
DIRETORA DE REDAÇÃO: Deborah M. Fink
EDITOR: Leandro Luigi Del Manto
DIAGRAMAÇÃO: Tino Chagas e Gastão Esteves
REVISÃO: Marquito Maia

TEXTOS, DESENHOS E PROJETO GRÁFICO: Cláudio de Oliveira

BRASIL
RUA TEODURETO SOUTO, 624 - CAMBUCI
CEP: 01539-000 – SÃO PAULO – SP
FONE: (11) 3347-5700
FAX: (11) 3347-5708
E-MAIL: hqdevir@devir.com.br
SITE: www.devir.com.br

PORTUGAL
Pólo Industrial Brejos de Carreteiros,
Armazém 4, Escritório 2 - Olhos de Água
2950-554 Palmela
Fone: 212 139 440
Fax: 212 139 449
E-mail: devir@devir.pt
Site: www.devir.pt

PIZZARIA BRASIL: DA ABERTURA POLÍTICA À REELEIÇÃO DE LULA © 2007 Cláudio de Oliveira. Todos os direitos reservados. É proibida a reprodução total ou parcial do conteúdo desta obra, por quaisquer meios existentes ou que venham a ser criados no futuro, sem a autorização prévia por escrito do autor e dos editores, exceto para fins de divulgação. Os nomes, personagens, lugares e incidentes apresentados nesta publicação são inteiramente fictícios. Qualquer semelhança com pessoas reais (vivas ou mortas), eventos, instituições ou locais, exceto para fins satíricos, é coincidência. Todos os direitos para a língua portuguesa reservados à Devir Livraria Ltda.
1ª edição: Maio de 2007.

Impresso na PROL Gráfica e Editora

ISBN: 978-85-7532-282-6

Agradecimentos especiais a Mônica Amaral, Raiana Marjorie e Bruno Victor pela digitalização de várias imagens reproduzidas neste livro.

Dados Internacionais de Catalogação na Publicação (CIP)
(Câmara Brasileira do Livro, SP, Brasil)

Oliveira, Cláudio de
  Pizzaria Brasil : Da Abertura Política
À Reeleição de Lula / Cláudio de Oliveira
[textos, desenhos e projeto gráfico] . --
São Paulo : Devir, 2007.

  Bibliografia.
  ISBN: 978-85-7532-282-6

  1. Histórias em quadrinhos I. Título.

07-3960   CDD-741.5

Índices para catálogo sistemático:
1. Histórias em quadrinhos   741.5

SUMÁRIO

Lista de abreviaturas —————————————————— Página 8

Prefácio —————————————————————————— Página 9

Apresentação —————————————————————— Página 10

Capítulo 1
DO GOLPE À DISTENSÃO
1964-1978 - Os anos Castelo a Geisel ——————————— Página 13

Capítulo 2
DA ANISTIA À RECESSÃO
1979-1985 - Os anos Figueiredo ——————————————— Página 27

Capítulo 3
DAS DIRETAS À HIPERINFLAÇÃO
1985-1989 - Os anos Sarney ————————————————— Página 45

Capítulo 4
DO CONFISCO AO IMPEACHMENT
1990-1992 - Os anos Collor ————————————————— Página 71

Capítulo 5
DA INFLAÇÃO AO PLANO REAL
1992-1994 - Os anos Itamar ————————————————— Página 79

Capítulo 6
DA QUEDA DA INFLAÇÃO AO FMI
1995-2002 - Os anos FHC ——————————————————— Página 89

Capítulo 7
DE LULA LÁ AO "MENSALÃO"
2003-2007 - Os anos Lula ——————————————————— Página 113

Referências ——————————————————————————— Página 140

Sobre o autor —————————————————————————— Página 144

A maioria das charges selecionadas neste livro foi publicada anteriormente nos seguintes jornais e revistas:

Agora São Paulo, São Paulo, de 1999 a 2007
Bundas, Rio de Janeiro, de 1999 a 2002
Careta, São Paulo, 1983
Diário de Natal, Natal, de 1989 a 1992
Em Tempo, São Paulo, de 1979 a 1982
Folha de São Paulo, São Paulo, entre 1983 e 2004
Folha da Tarde, São Paulo, de 1993 a 1999
O Pasquim21, Rio de Janeiro, de 2002 a 2004
O Pasquim, Rio de Janeiro, de 1977 a 1989
Salário Mínimo, Natal, de 1980 a 1981
Tribuna do Norte, Natal, de 1976 a 1989
Voz da Unidade, São Paulo, de 1982 a 1989

*Dedico este livro a meu pai,
Lavanere Renovato de Oliveira (in memorian)
e aos artistas gráficos Antônio Correia,
Aucides Sales, Edmar Viana, Emanoel Amaral,
Henfil (in memorian) e Paulo Mulatinho.*

LISTA DE ABREVIATURAS

ABI	Associação Brasileira de Imprensa	*PCB*	Partido Comunista Brasileiro
AI-5	Ato Institucional nº 5	*PCdoB*	Partido Comunista do Brasil
ARENA	Aliança Renovadora Nacional	*PDS*	Partido Democrático Social
BNDES	Banco Nacional de Desenvolvimento Econômico e Social	*PDT*	Partido Democrático Trabalhista
		PF	Polícia Federal
		PFL	Partido da Frente Liberal
CNBB	Conferência Nacional dos Bispos do Brasil	*PIB*	Produto Interno Bruto
		PMDB	Partido do Movimento Democrático Brasileiro
CNI	Confederação Nacional da Indústria		
		PP	Partido Popular/ Progressista
CPI	Comissão Parlamentar de Inquérito	*PPB*	Partido Progressista Brasileiro
		PPS	Partido Popular Socialista
CGT	Confederação Geral dos Trabalhadores	*PR*	Partido da República
		PRB	Partido Republicano Brasileiro
CUT	Central Única dos Trabalhadores	*Prona*	Partido da Reconstrução da Ordem Nacional
DIEESE	Departamento Intersindical de Estatísticas e Estudos Socioeconômicos		
		PRN	Partido da Reconstrução Nacional
		PSB	Partido Socialista Brasileiro
DOI-Codi	Departamento de Operações e Informações-Centro de Operação e Defesa Interna	*PSD*	Partido Social Democrático
		PSDB	Partido da Social Democracia Brasileira
FAB	Força Aérea Brasileira	*PSOL*	Partido do Socialismo e da Liberdade
FGTS	Fundo de Garantia por Tempo de Serviço		
		PTB	Partido Trabalhista Brasileiro
FHC	Fernando Henrique Cardoso	*PT*	Partido dos Trabalhadores
FIESP	Federação das Indústrias de São Paulo	*PTN*	Partido Trabalhista Nacional
		PUC	Pontifícia Universidade Católica
FMI	Fundo Monetário Internacional	*OAB*	Ordem dos Advogados do Brasil
IBGE	Instituto Brasileiro de Geografia e Estatísticas	*Seade*	Sistema Estadual de Análise de Dados
IGP-M	Índice Geral de Preços de Mercado	*SNI*	Serviço Nacional de Informação
INSS	Instituto Nacional do Seguro Social	*Sebrae*	Serviço Brasileiro de Apoio à Pequena Empresa
IPCA	Índice de Preços ao Consumidor Amplo	*STF*	Supremo Tribunal Federal
		TSE	Tribunal Superior Eleitoral
IPEA	Instituto de Pesquisa Econômica Aplicada	*UDN*	União Democrática Nacional
		UEE	União Estadual dos Estudantes
MDB	Movimento Democrático Brasileiro	*UNE*	União Nacional dos Estudantes

CLÁUDIO DE OLIVEIRA, CARTUNISTA E ÚLTIMO COMUNISTA, É HISTORIADOR!

Conheci Cláudio de Oliveira em Natal nos anos oitenta, num salão de humor organizado por comunistas. Wober Júnior, do Partidão, organizava o evento, para o qual as massas não acorreram. Mas estavam lá, eu, Cláudio, Wober, Zé Dias, seu braço direito – ou esquerdo, vá lá. Tinha também uma senhora simpática, que eu imaginei que fosse a nossa Rosa de Luxemburgo, e não muito mais. Quando soube que o Oliveira tinha conhecido o mundo vermelho in loco, *fiquei muito surpreso. Como fico agora, com este livro que está nas suas mãos: é um puta livro de história! E economia, sociologia e política, desses anos recentes. Uma pesquisa séria e ponderada, como bons comunistas – se existissem mais – deveriam sempre fazer. E essa quantidade de textos – pra mim, que só faço e leio figurinhas, é surpreendente – quase não deixa ver o excelente caricaturista que o Cláudio sempre foi. Seus bonecos podem ser facilmente construídos, ou modelados, dada a perfeição de seu conhecimento do caricaturado. Alckmin, Marta, Fernando Henrique, Dona Ruth, Lula, são tão eles mesmos que desconfio que à noite saem do livro e dão uma voltinha. Um luxo para historiadores, um estímulo aos jovens que não viveram essa época, um registro do que está para acontecer. Grande Cláudio!*

Chico Caruso

APRESENTAÇÃO

Este livro reúne uma seleção de charges que publiquei em diversos jornais e revistas, ao longo dos últimos 30 anos. Elas retratam fatos da história recente do Brasil e foram publicadas à época dos acontecimentos, com exceção das ilustrações referentes à década de 60. Ao organizá-lo, pesquisei e acrescentei informações para contextualizar os desenhos, e servi-me de dados de História e de Economia

Minha primeira charge foi publicada em 1977, no **Pasquim,** *a convite de Henfil, quando eu tinha 14 anos – o jornal era impróprio para menores de 16. A influência do jornal e a convivência com Henfil, então morando em Natal, levaram-me para a charge política. Mas não só. O Brasil vivia uma conjuntura intensa, com a abertura política e o ressurgimento dos movimentos sociais. Organizava-se a campanha pela libertação dos presos políticos e a volta dos exilados. Os estudantes saíam às ruas para reivindicar a legalização da UNE. No ABC paulista, os metalúrgicos desafiavam o regime autoritário com greves e manifestações. Naquele momento surgiam novos jornais da imprensa alternativa, como o* **Em Tempo,** *no qual colaborei de 1979 a 1982, e a* **Voz da Unidade,** *que começa a circular em 1980 como jornal do proscrito PCB.* **Na Voz,** *publiquei de 1982 até o seu fechamento, no início dos anos 90.*

Ainda em 1976, comecei a trabalhar no diário natalense **Tribuna do Norte,** *desenhando charges esportivas. O jornal engaja-se na campanha da Anistia, no movimento das Diretas e na eleição de Tancredo Neves, e abre espaço para o meu trabalho de cartunista político. Nele permaneci até 1988.*

De 1989 a 1992, estudei no atelier de artes gráficas da Escola Superior de Artes Industriais de Praga, na então Tchecoslováquia. Foi um período não só de aperfeiçoamento técnico, como também de amadurecimento político. A oportunidade de acompanhar de perto os debates que se seguiram à queda do muro de Berlim e à dissolução da União Soviética permitiu-me reavaliar meus conceitos políticos.

De volta ao Brasil, passei a publicar nos cadernos regionais da **Folha de São Paulo,** *com passagens no primeiro caderno e no* **Cotidiano.** *A partir de junho de 1993, tornei-me o chargista da extinta* **Folha da Tarde** *e, a partir de 1999, do* **Agora São Paulo.**

Durante estes 30 anos, tive como matéria-prima as mazelas do Brasil: o autoritarismo político, a falta de transparência dos poderes públicos, a corrupção e a impunidade, a desigualdade social, a baixa renda dos brasileiros, as crises econômicas. Ao longo dessas três décadas, as principais forças políticas do país ocuparam o poder central. Algumas delas contavam com minha simpatia de cidadão. Mas nenhuma contou com minha simpatia como chargista. Não por descompromisso, mas pelo dever da crítica. Perco o amigo – ou o leitor – , mas não perco a piada.

Cláudio de Oliveira

PS.: Utilizei os números do PIB de 1996 a 2007 conforme a revisão anunciada pelo IBGE em março de 2007. Nos outros dados relacionados ao PIB, usei os números da metodologia anterior.

Capítulo 1

DO GOLPE À DISTENSÃO

1964-1978
Os anos de Castelo a Geisel

Em 31 de março de 1964, o Brasil dorme na democracia e acorda na ditadura. Na madrugada, um movimento militar promove um golpe de estado e depõe o presidente da República, João Goulart. Dias depois, o marechal Humberto de Alencar Castelo Branco assume o comando do país.

O marechal Castelo Branco, líder militar do golpe de 1964.

E ASSIM COMEÇOU A DITADURA

Sindicalistas, estudantes e líderes alinhados ao governo deposto são perseguidos. Entre eles, o ex-governador do Rio Grande do Sul, Leonel Brizola, do PTB, o secretário-geral do PCB, Luís Carlos Prestes, e o governador de Pernambuco, Miguel Arraes, ligado ao PSB.

Também políticos moderados têm os seus direitos políticos suspensos, como o ex-presidente Juscelino Kubitschek, do PSD, cassado em junho, ou mesmo conservadores, caso do ex-presidente Jânio Quadros, do PTN.

Economia

Na área econômica são nomeados os economistas Otávio Gouveia de Bulhões, para o Ministério da Fazenda, e Roberto Campos, para o Ministério do Planejamento, ambos adeptos do liberalismo econômico. Os Estados Unidos prestam assistência por meio de empréstimos e o novo regime abre as portas ao capital estrangeiro. Para conter a inflação, diminui-se o gasto público e contém-se os salários. O direito de greve é limitado.

ORGANIZA-SE A RESISTÊNCIA

João Goulart foi ministro do Trabalho, de 1953 a 1954, no governo de Getúlio Vargas. Foi vice-presidente de Juscelino Kubitschek, de 1956 a 1961. Elegeu-se novamente vice-presidente em 1960 e assumiu o governo em 7 de setembro de 1961, com a renúncia do presidente Jânio Quadros. O estopim para a sua deposição foi o comício da Central do Brasil, no Rio de Janeiro, realizado no dia 13 de abril de 1964. Na manifestação, anunciou a encampação de refinarias particulares pela Petrobras. E também a desapropriação de terras improdutivas à beira de estradas e ferrovias federais como primeiro passo para a reforma agrária. Nacionalista, propôs a taxação da remessa de lucros das empresas estrangeiras. Organizado pelos sindicatos, UNE, partidos e personalidades da esquerda, o comício assustou o empresariado, que se articulou com os conservadores da UDN e com a cúpula das forças armadas para tirar João Goulart do poder.

Em 1965, realizam-se eleições para o governo dos estados. A oposição vence em vários deles, como Minas Gerais e a Guanabara (que mais tarde se fundiria ao Rio de Janeiro).

Através do Ato Institucional nº 2 (AI-2), o presidente Castelo Branco extingue os partidos e dois novos são criados: a ARENA, governista, e o MDB, de oposição. O ato suspende as eleições diretas e estabelece a escolha do presidente da República pelo Congresso Nacional.

A Frente Ampla

Em 1966, o ex-governador da Guanabara, Carlos Lacerda, da extinta UDN, um dos líderes civis do golpe e candidato frustrado à Presidência da República, rompe com os militares. Após visitar o ex-presidente Juscelino Kubitschek, em Portugal, e o ex-presidente João Goulart, no Uruguai, articula a Frente Ampla, reunindo as principais forças políticas do país. O objetivo é a redemocratização. No entanto, Carlos Lacerda é cassado e a Frente Ampla proibida.

Eleição de Costa e Silva

A 3 de outubro de 1966, o marechal Artur da Costa e Silva é escolhido pelo Congresso Nacional para substituir Castelo Branco. Em novembro, realizam-se eleições para o Senado e a Câmara dos Deputados. Setores da oposição fazem campanha pelo voto nulo e a governista ARENA sai vitoriosa.

A Constituição de 1967

Em janeiro de 1967, uma nova Constituição é promulgada pelo Congresso. Nela, fica estabelecida as eleições indiretas para a presidência da República. E faculta ao chefe do Executivo a iniciativa de propor emendas à Constituição.

1968, COMEÇAM AS PASSEATAS

Em 1970 realizam-se novamente as eleições legislativas e o MDB sofre outra derrota eleitoral com o voto nulo. Apesar disso, o regime enfrenta escalada de protestos de diversos setores da sociedade:

• intelectuais divulgam manifesto contra a ditadura;

• no teatro, são encenados espetáculos de contestação política;

• nos festivais de música, surgem as canções de protesto;

• na imprensa, os humoristas lançam a revista Pif-Paf e posteriormente o semanário O Pasquim, com críticas ao governo;

• nas ruas, estudantes organizam manifestações cada vez maiores, como a passeata dos 100 mil na Cinelândia, no Rio de Janeiro, em junho de 1968;

• nos protestos, a presença de membros da Igreja Católica;

• naquele mesmo ano, no comício de 1º de maio, na Praça da Sé, em São Paulo, manifestantes ferem o governador Abreu Sodré e derrubam o palanque das autoridades;

• grupos de extrema-esquerda passam a utilizar a luta armada como forma de combate ao regime.

Repressão

A reação do regime não tarda. Estudantes são suspensos, expulsos ou presos, professores são cassados, religiosos são detidos e os sindicatos sofrem intervenção. Em outubro de 1968, líderes estudantis são presos durante o Congresso da UNE, em Ibiúna, interior de São Paulo. A UNE e as UEEs são fechadas.

Acima, no sentido horário, os cartunistas Millôr Fernandes, Ziraldo, Fortuna e Jaguar, fundadores do semanário de humor O Pasquim, lançado em junho de 1969, no Rio de Janeiro. O jornal se notabiliza pelas críticas bem-humoradas ao regime e é submetido à censura prévia. O Pasquim revela o talento de Henfil (abaixo), um dos mais importantes cartunistas do país nas décadas de 70 e 80. Seus personagens, Graúna, os Fradinhos, Zeferino e bode Orelana, de humor cáustico e irreverente, marcam a atuação da chamada imprensa alternativa na resistência à ditadura.

AI-5, O GOLPE DENTRO DO GOLPE

Os militares que ocupam a Presidência da República durante o período autoritário: Humberto de Alencar Castelo Branco, de 1964 a 1967; Artur da Costa e Silva, de 1967 a 1969; Emílio Garrastazu Médici, de 1969 a 1974; Ernesto Geisel, de 1974 a 1979; João Baptista de Oliveira Figueiredo, de 1979 a 1985. Entre agosto e outubro de 1969, assume interinamente uma junta formada pelos três ministros militares.

O endurecimento do regime culmina na noite de 13 de dezembro de 1968, com a decretação do Ato Institucional nº 5. O pretexto é o discurso do deputado Márcio Moreira Alves, do MDB do Rio de Janeiro, que pregava o boicote ao desfile militar de 7 de setembro.

O AI-5 concede poderes ditatoriais ao presidente da República, que passa a:

• suspender os direitos políticos de qualquer cidadão pelo prazo de dez anos, ficando proibido de votar e ser votado, inclusive em eleições sindicais, de participar de atividades e manifestações de natureza política;

• cassar os mandatos de senadores, deputados federais e estaduais, governadores, prefeitos e vereadores;

• demitir, remover, aposentar e pôr em disponibilidade juízes, funcionários públicos, empregados de autarquias, de empresas públicas ou de empresas de economia mista;

• demitir, transferir para reserva ou reformar militares e membros das polícias militares;

• decretar o recesso do Congresso Nacional, das Assembléias Legislativas e das Câmaras Municipais, e, durante o recesso, é autorizado a legislar;

• decretar intervenção nos estados e municípios;

• decretar o estado de sítio e prorrogá-lo.

Ainda suspende a garantia de Habeas Corpus e exclui de apreciação judicial as medidas governamentais praticadas em conformidade com o AI-5.

OS ANOS DE CHUMBO

Em agosto de 1969, Costa e Silva é afastado da Presidência, vítima de trombose cerebral. O vice-presidente Pedro Aleixo, um civil, é impedido de assumir. Os ministros militares formam uma junta militar e, em outubro, escolhem o general Emílio Garrastazu Médici para governar o país. É a vitória da "linha-dura".

O governo Médici

O período de Médici é dos mais repressivos da história. Em janeiro de 1970, fica estabelecida a censura prévia a livros e periódicos. A medida se estende à música, ao cinema, à literatura, ao teatro, às artes plásticas e à televisão.

A repressão às organizações de extrema-esquerda é implacável. Em dois anos, os grupos guerrilheiros são desmantelados. Para isso, o regime se vale da "guerra suja", com tortura e assassinato dos opositores. Mesmo aqueles que não pegam em armas, caso do PCB, são duramente reprimidos.

Setores da Igreja Católica também são perseguidos. Religiosos são presos e torturados, como o frei Tito de Alencar, preso em 1969 e banido do país em 1971. O bispo de São Félix do Araguaia, Dom Pedro Casaldáliga, é chamado a depor na polícia em 1972, após defender posseiros em conflitos de terras no Pará.

O "MILAGRE" ECONÔMICO DE DELFIM NETTO

Antonio Delfim Netto foi a principal autoridade econômica durante o regime militar. Após um ano como secretário da Fazenda de São Paulo, ocupa o ministério da Fazenda nos governos de Costa e Silva e Médici. Durante o mandato de Geisel, assume a embaixada do Brasil em Paris. No governo Figueiredo, é nomeado ministro da Agricultura e depois ministro do Planejamento.

O regime consegue vitórias não só na frente política, como também no campo econômico. Sob o comando de Delfim Netto, ministro da Fazenda, o país experimenta uma fase de crescimento acelerado. A soma de riqueza e serviços produzidos no país, o PIB, cresce de maneira surpreendente. Os números do IBGE:

10,40% em 1970
11,30% em 1971
11,94% em 1972
13,97% em 1973

Os êxitos na economia levam o governo a fazer campanhas ufanistas, com slogans do tipo "Ninguém segura este país", "Pra frente, Brasil" e "Brasil, ame-o ou deixe-o". É a época de obras como a rodovia Transamazônica, a ponte Rio-Niterói e da criação e fortalecimento de grandes empresas estatais.

Crise social

Mas, por trás da propaganda, há um perigoso processo inflacionário e de endividamento externo pela utilização de capitais estrangeiros. E também o crescimento de uma explosiva "dívida social", com forte concentração de renda e aumento da pobreza:

• Em 1960, 1% da população de classe A detém 11,7% da renda nacional. A classe E, representando 50% da população, possui 27,8% da renda.

• Em 1970, a classe A aumenta sua participação para 17,8% da renda nacional, enquanto a classe E diminui a sua fatia do bolo para 13,1%.

• Em 1970, 50,2% da população vivem com menos de um salário mínimo. Em 1972, são 52,5%.

19

E ASSIM COMEÇOU A DISTENSÃO...

Crise internacional do petróleo, desaceleração da economia mundial e elevação dos juros internacionais. Fim do "milagre" econômico, inflação de 18,7% ao ano e dívida externa de 12,5 bilhões de dólares. É nesse quadro que o general Ernesto Geisel assume a Presidência da República, a 15 de março de 1974. O novo presidente representa a vitória dos moderados contra a "linha-dura" do regime. Promete iniciar uma abertura política "lenta, segura e gradual", a chamada distensão. Em 1975, suspende a censura prévia aos jornais. Vive o país, diz o general, não numa ditadura, mas numa "democracia relativa".

A vitória da oposição

Para denunciar a eleição indireta, o MDB lança, ainda em 1973, Ulysses Guimarães para presidente e Barbosa Lima Sobrinho, presidente da ABI, para vice. Os chamados "anti-candidatos" percorrem o país e alcançam grande repercussão política.

Em novembro de 1974, realizam-se eleições para o Congresso Nacional, com o horário eleitoral no rádio e televisão livre de censura. O MDB obtém uma vitória expressiva, elege 16 senadores contra 6 da ARENA. A vitória acontece nos estados politicamente mais fortes, com Orestes Quércia, em São Paulo, Itamar Franco, em Minas Gerais, Paulo Brossard, no Rio Grande do Sul, e Marcos Freire, em Pernambuco.

O FIM DO "MILAGRE ECONÔMICO"

Os conflitos no Oriente Médio provocam o aumento do preço do barril de petróleo, em 1973. Os Estados Unidos aumentam a sua taxa de juros e levam a economia mundial à recessão.

A crise pega o Brasil de calças curtas, pois o modelo de desenvolvimento do país se sustenta nos empréstimos externos. Com os juros altos, a dívida externa explode.

Apesar disso, o governo Geisel opta por uma política econômica de crescimento, com investimentos nas empresas estatais, como a Petrobras, e em projetos dispendiosos e de pouco resultado econômico, como a construção das usinas de energia nuclear em Angra dos Reis, no Rio de Janeiro.

Mesmo com a crise, o PIB cresce. Veja os números do IBGE:

8,15% em 1974
5,17% em 1975
10,26% em 1976
4,93% em 1977
4,97% em 1978

Recessão

A inflação pula de 18,7%, no iníco do governo, para cerca de 40% ao final do mandato. A dívida externa salta de 12,5 bilhões para 43 bilhões de dólares. A bomba explode no governo Figueiredo, que passa a enfrentar uma longa recessão.

O ministro da Fazenda, Mário Henrique Simonsen, e o presidente Ernesto Geisel, tentam conter a inflação.

Geisel recebe o presidente da França, Valéry Giscard d'Estaing, e diz que o Brasil tem uma "irrecusável vocação de grandeza".

PELA ANISTIA AMPLA, GERAL E IRRESTRITA!

Após a vitória do MDB em 1974, a sociedade civil volta a se mobilizar. Em frente à Faculdade de Direito de São Paulo, um estudante lê carta pela libertação de operários presos no 1º de maio de 1977. No dia 11 de agosto, outra manifestação. O professor Gofredo da Silva Telles lê a "Carta aos Brasileiros", um apelo pela volta do Estado de Direito. Em seguida, os manifestantes saem em passeata. A OAB e a CNBB endossam o pedido em favor da anistia, o perdão aos presos políticos e exilados. A primeira-dama dos Estados Unidos, Rosalyn Carter, se encontra com o presidente Geisel e manifesta o desejo do presidente norte-americano, Jimmy Carter, de respeito aos direitos humanos na América Latina. Em todo o Brasil, organizam-se seções do Comitê Brasileiro de Anistia.

O BRASIL É EMBRULHADO NO "PACOTE DE ABRIL"

No início de 1977, deputados e senadores do MDB derrubam a reforma do Judiciário proposta pelo governo. Em abril, Geisel fecha o Congresso e baixa pacote com medidas para enfraquecer a oposição e obter a maioria da ARENA. São elas, entre outras:

• prorrogação do mandato do futuro presidente da República de 4 para 5 anos;

• os governadores e 1/3 dos senadores passam a ser nomeados pelo presidente da República;

• estabelece um número de deputados por estado, limitando a representação dos estados mais populosos, como São Paulo, onde a oposição cresce;

• A aprovação de medidas no Congresso deixa de ser de 2/3 e passa para maioria simples, isto é, 50% dos votos mais um.

Lei Falcão

Ainda antes, o governo aprova projeto do ministro da Justiça, Armando Falcão. A chamada Lei Falcão proíbe a fala dos candidatos nos programas de rádio e televisão. Só permite a foto e a leitura de currículos. Apesar da manobra, o MDB vence as eleições para o Senado nos estados de maior eleitorado, com Franco Montoro em São Paulo, Tancredo Neves em Minas Gerais, Nelson Carneiro no Rio de Janeiro e Pedro Simon no Rio Grande do Sul.

GEISEL VENCE A "LINHA-DURA"

A morte sob tortura do diretor de jornalismo da TV Cultura, Vladimir Herzog, nas dependências do DOI-Codi, em outubro de 1975, provoca indignação em todo o país.

A versão oficial: o jornalista cometera suicídio. Um ato ecumênico na Catedral da Sé, em memória de Herzog, reúne mais de 10 mil pessoas.

Fiel Filho

Em janeiro de 1976, outra morte no DOI-Codi, a do metalúrgico Manuel Fiel Filho. Novamente a versão oficial é de suicídio. Dois dias depois do assassinato do operário, o presidente Ernesto Geisel afasta o comandante do II Exército, o general Ednardo D'Avila Mello.

Em agosto de 1976, uma bomba explode na sede da ABI. É a atuação dos radicais do regime, que se opõem à política de distensão.

Ministro do Exército

Em 1977, Geisel demite o ministro do Exército, general Sylvio Frota, representante da "linha-dura" e que se articulava para se tornar o próximo presidente da República.

Figueiredo

Geisel impõe para a sua sucessão o nome do chefe do SNI, o general João Baptista de Oliveira Figueiredo. Em dezembro de 1978, revoga o AI-5 como último ato do seu governo.

O senador mineiro Magalhães Pinto, pré-candidato à Presidência pela ARENA, comemora a eliminação de um concorrente.

A residência oficial do presidente é o Palácio da Alvorada, mas o general Figueiredo, o escolhido, prefere morar na Granja do Torto.

Capítulo 2

DA ANISTIA À RECESSÃO

1979-1985
Os anos Figueiredo

O general João Baptista Figueiredo toma posse em março de 1979 e promete continuar a abertura política. Em seu discurso, afirma que o governo estará de "mãos estendidas à oposição em sinal de conciliação". O regime já admite conceder anistia aos exilados e presos políticos.

A ABERTURA É PRA VALER?

A oposição vê com desconfianças a abertura e "as mãos estendidas em conciliação"...

O COOPER DO PRESIDENTE

Os estrategistas do governo buscam melhorar a imagem do regime e do ditador de plantão. Figueiredo substitui os óculos escuros e abandona o ar sisudo. Quer se mostrar como homem do povo. Deixa se fotografar praticando exercícios e fazendo cooper. Promete transformar o Brasil numa democracia, e quem for contra, diz ele, "prendo e arrebento".

O novo presidente cria cavalos e, num ato falho, confessa que "prefere o cheiro de cavalo ao cheiro do povo". Perguntado sobre o que faria caso ganhasse salário mínimo, responde:

— Dava um tiro no coco.

ANISTIA, AINDA QUE TARDIA

Apesar do ceticismo reinante, em junho de 1979, Figueiredo envia ao Congresso Nacional o projeto de lei da anistia aos banidos e presos políticos. Dois meses depois, a lei é aprovada.

A anistia não é ampla, geral e irrestrita, acusa a oposição. Ficam de fora os presos políticos que praticaram atos de terrorismo. Aqueles que perderam suas patentes e funções no serviço público não obtêm seus cargos de volta. E a anistia aos agentes de segurança acusados de praticar tortura e assassinatos causa protestos de entidades de direitos humanos.

A volta dos exilados

A partir de setembro, os exilados começam a voltar ao país. Entre eles, os ex-governadores Leonel Brizola e Miguel Arraes, o líder comunista Luís Carlos Prestes, o jornalista e ex-guerrilheiro Fernando Gabeira. Também o irmão do cartunista Henfil, o sociólogo Herbert de Souza, imortalizados na música de Aldir Blanc, "O bêbado e o equilibrista", cantada por Elis Regina e que se tornara o hino da anistia.

Petrônio Portela, ministro da Justiça e responsável pelo projeto de anistia do governo.

EXTINÇÃO DO MDB E OS NOVOS PARTIDOS

Em novembro de 1979, o regime extingue o MDB, que seguidamente vencia as eleições. Em janeiro de 1980, a ARENA vira o PDS.

Já o MDB se divide em dois. Os moderados, com o senador mineiro Tancredo Neves à frente, fundam o PP. Os chamados autênticos, com o deputado Ulysses Guimarães na liderança, transformam o MDB no PMDB.

Novos partidos

Em janeiro, remanescentes dos grupos guerrilheiros, intelectuais socialistas, personalidades da esquerda católica e novos líderes sindicais lançam o manifesto de criação do PT. Em junho, o metalúrgico Luiz Inácio da Silva é escolhido seu presidente.

A sigla do PTB é alvo de disputa entre a sobrinha-neta de Getúlio Vargas, deputada Ivete Vargas, e Leonel Brizola. O TSE concede o registro do PTB à deputada. Posteriormente, em setembro, Brizola funda o PDT.

Marxistas

O PSB e os partidos marxistas, como o PCB e o PCdoB, continuam proibidos.

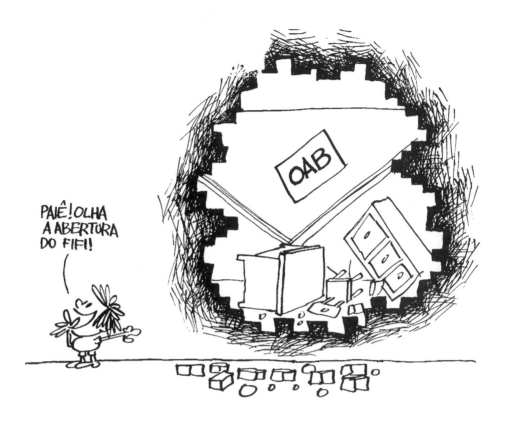

AS BOMBAS DA EXTREMA-DIREITA

A "linha-dura" reage com violência à política de abertura. Em 27 de agosto de 1980, três bombas explodem no Rio de janeiro. Uma, na sede da OAB, matando a secretária Lídia Monteiro; uma segunda, num gabinete da Câmara Municipal e uma terceira na sede do jornal esquerdista Tribuna Operária. *Outras bombas explodem em bancas que vendem jornais da imprensa alternativa, como* O Pasquim, Opinião, Movimento, Em Tempo *e* Voz da Unidade. *O atentado mais grave realiza-se às vésperas do 1º de maio de 1981, quando uma bomba explode acidentalmente em um carro Puma, no Riocentro, local programado para a festa do Dia do Trabalho. Um dos ocupantes, sargento do Exército, morre na explosão. Outro ocupante, um capitão, fica gravemente ferido. Nada é apurado.*

A VOLTA DA UNE

Também os estudantes se mobilizam. Tentam trazer a UNE à legalidade. Para tanto, organizam os Encontros Nacionais de Estudantes.

O terceiro deles, em 1977, é proibido de realizar-se em Belo Horizonte. Transferido para a PUC de São Paulo, é interrompido pela invasão da polícia ao prédio da instituição.

Legalidade

Em maio de 1979, em Salvador, os estudantes realizam o primeiro congresso de reconstrução da UNE. Em 1980, o prédio da entidade, no Rio de Janeiro, é demolido pelo governo. Somente em 1985, com o fim da ditadura, a UNE consegue a sua legalização.

Organização Social e Política Brasileira, OSPB, disciplina obrigatória nas universidades no tempo da ditadura.

A VOLTA DOS SINDICATOS

Em maio de 1978, o movimento sindical volta à cena. O palco é o ABC paulista, região onde o "milagre econômico" desenvolveu importantes setores da indústria. Operários da Scania organizam uma greve, a primeira desde a decretação do AI-5. O combustível do movimento é a manipulação, admitida pelo governo, dos índices de inflação de 1973 e 1974, que achatou o poder de compra dos asssalariados em 31,4%. A reivindicação é a correção dos salários. Desponta a liderança do presidente do sindicato dos metalúrgicos de São Bernardo do Campo, Luiz Inácio da Silva, o Lula.

Santo Dias

Em 1979, cerca de 180 mil operários iniciam nova paralisação. O operário Santo Dias da Silva morre em confronto com a polícia.

Uma outra greve, em 1980, atinge o ABC paulista e mais 15 cidades do interior. O sindicato sofre intervenção e os diretores são destituídos e presos. Entre eles, Lula. Com a volta ao trabalho, a intervenção é suspensa e os sindicalistas liberados.

CUT

As mobilizações dos metalúrgicos paulistas implodem a legislação anti-greve do regime. E marcam um novo nível de atuação dos sindicatos que resultará, em 1983, na criação da CUT, por sindicalistas ligados ao PT.

A VOLTA DE DELFIM

No governo Figueiredo, fica clara a falência do modelo econômico da ditadura. A volta do economista Delfim Netto ao Ministério do Planejamento não é capaz de evitar o fim do "milagre". A inflação dispara e chega a 110% em 1980, explodem o desemprego e a dívida externa. Em 1981, a economia entra em recessão, com preocupante queda na produção industrial. O governo brasileiro pede socorro ao FMI.

DA AGRICULTURA AO MINISTÉRIO DA FAZENDA

De fora do ministério durante o governo Geisel, de 1974 a 1979, Delfim Netto está de volta, agora na pasta da Agricultura. Mas, por pouco tempo. Meses depois, assume o Ministério do Planejamento e, juntamente com o ministro da Fazenda, Ernane Galvêas, passa outra vez a comandar a economia.

Inflação e dívida externa

Da mesma forma que ficou conhecido como o homem do "milagre", responsável pelo crescimento da economia do início dos anos 70, Delfim passará a ser identificado com as dificuldades econômicas do governo Figueiredo. Entre elas, uma das maiores dívidas externas do mundo, altas taxas de inflação, elevado índice de desemprego e arrocho salarial.

Recessão

Em 1978, o país enfrenta uma segunda crise internacional do petróleo e, em 1980, o governo decide frear a economia, na tentativa de conter a inflação e o endividamento externo. Toma medidas restritivas, como o corte nos investimentos das estatais e o aumento da taxa de juros. O Brasil enfrentará, nos anos de 1981 a 1983, uma forte recessão econômica. E desde então, terá um baixo crescimento.

Figueiredo manda Delfim encher as "panelas dos pobres"

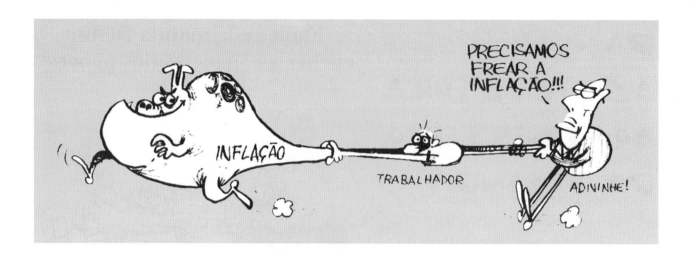

OS NÚMEROS DA RECESSÃO

No governo Figueiredo, a economia do país alcança um crescimento médio de 2,27% ao ano. Veja abaixo a evolução do PIB segundo o IBGE, com destaque para os anos de 1981 e 1983, quando os números foram negativos.

6,76% em 1979
9,20% em 1980
-4,25% em 1981
0,83% em 1982
-2,93% em 1983
5,40% em 1984

Inflação

Em 1983, o governo aumenta as políticas restritivas, exigência do acordo assinado com o FMI. Entre elas, o controle sobre o aumento dos salários. Apesar das medidas, a inflação continua em alta. Veja os números do IBGE:

99,25% em 1980
95,62% em 1981
104,79% em 1982
164,01% em 1983
215,26% em 1984

Dívida externa

Em 1978, ao final do governo Geisel, a dívida externa era de 43,5 bilhões de dólares. No fim do governo Figueiredo, com a alta dos juros internacionais, ela mais do que dobra. Chega a 91 bilhões de dólares.

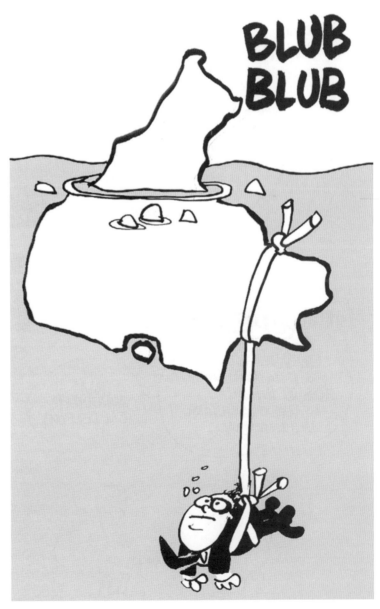

Delfim Netto ao lado de Carlos Langoni, presidente do Banco Central do Brasil.

Inflação dispara e vai a 211%

AS ELEIÇÕES DE 1982

Figueiredo passa a perna em Ulysses e Tancredo.

Figueiredo e José Sarney, presidente do PDS.
Abaixo, Figueiredo e os novos governadores de oposição: Tancredo Neves, de Minas, Leonel Brizola, do Rio de Janeiro, e Franco Montoro, de São Paulo.

O governo tenta várias manobras para evitar a vitória das oposições. Adia o pleito municipal de 1980 para 1982, quando então realizam-se eleições para vereadores, prefeitos, deputados estaduais e federais, senadores e governadores. Proíbe as coligações partidárias e estabelece o "voto vinculado", que obriga o eleitor a votar nos candidatos de um único partido.

Oposições

O Partido Popular, do senador Tancredo Neves e com origem no MDB moderado, resolve se dissolver e se incorporar ao PMDB, de Ulysses Guimarães. Com a união, o PMDB terá expressivas vitórias nas eleições de 1982 ao governo dos estados. Em São Paulo, elege Franco Montoro. Em Minas Gerais, Tancredo Neves e José Richa, no Paraná. No Rio de Janeiro, Leonel Brizola se elege governador pelo seu PDT, após denunciar tentativa de fraude eleitoral.

Governo

O PDS, o partido do governo, vence em todos os estados do nordeste e em estados do norte e do centro-oeste. Tem vitórias significativas no sul, ao eleger Jair Soares no Rio Grande do Sul e Esperidião Amin em Santa Catarina.

Capítulo 3

DAS DIRETAS À HIPERINFLAÇÃO

1985-1989
Os anos Sarney

Dois grandes movimentos populares derrubam a ditadura: os comícios das Diretas Já e a campanha de Tancredo Neves à Presidência da República. Mas o candidato único das oposições morre após ser eleito. Quem assume é o seu vice, o senador José Sarney, ex-presidente do PDS. Assim, inicia-se a transição democrática, marcada pela expectativa de retorno do país ao Estado de Direito e de mudanças no modelo econômico.

A CAMPANHA DA DIRETAS-JÁ

O avanço contínuo das oposições nas eleições de 1974, 1978 e 1982, especialmente com a vitória dos governadores oposicionistas nos estados do sudeste, cria a base política para as gigantescas manifestações pelas eleições diretas para presidente da República.

Paulo Maluf se opõe às eleições diretas para a Presidência da República. O ex-governador de São Paulo quer ser o candidato do PDS para disputar no Colégio Eleitoral, isto é, no Congresso Nacional de maioria governista.

Em 1983, o governo classifica os comícios das diretas como perturbação da ordem pública. E que a eleição direta seria um casuísmo, isto é, uma alteração de última hora das regras do jogo.

A EMENDA DANTE DE OLIVEIRA

Em março de 1983, Dante de Oliveira, deputado do PMDB do Mato Grosso, apresenta à Câmara dos Deputados emenda constitucional que restabelece a eleição direta para presidente da República.

Ulysses Guimarães

Em fins de 1983, entidades sindicais e organizações sociais, juntamente com o PT, PMDB e PDT, realizam, em São Paulo, manifestação pelas diretas. Mas é com a entrada do deputado Ulysses Guimarães, presidente do PMDB, que a campanha ganha força, ao articular a participação dos governadores de oposição.

Cada vez mais a mobilização popular se torna mais vigorosa, até chegar a 1,3 milhão de pessoas em histórico comício realizado em janeiro de 1984, no Vale do Anhangabaú, em São Paulo.

Líderes do PDS, Antônio Carlos Magalhães, Marco Maciel, José Sarney e Aureliano Chaves, pressionados pelo movimento das Diretas.

Derrota

A pressão popular não é suficiente para fazer o PDS, com maioria no Congresso Nacional, votar favoravelmente às diretas. Assim, em abril, em meio a grande expectativa e votada sob estado de emergência, a Emenda Dante de Oliveira é rejeitada.

Os pré-candidatos do PDS à Presidência, Paulo Maluf e Mário Andreazza, ministro do Interior. Abaixo, Maluf, Nelson Marchezan, líder do PDS na Câmara, e o general Golbery do Couto e Silva, ministro da Casa Civil.

José Sarney, agora no PMDB, Aureliano Chaves e Marco Maciel, do recém-fundado PFL, Franco Montoro e Ulysses Guimarães, do PMDB, Leonel Brizola, do PDT, Giocondo Dias, do ilegal PCB, e Miguel Arraes, do PMDB.

A CAMPANHA DE TANCREDO-JÁ

Uma vez derrotada a emenda das diretas, a oposição se prepara para enfrentar o chamado "colégio eleitoral", isto é, a eleição indireta em que o presidente da República é escolhido pelo Congresso. O PMDB apresenta como o seu candidato o governador de Minas Gerais, Tancredo Neves. Ao lançar o nome do político mineiro, conhecido por suas posições políticas moderadas, a oposição busca atrair o voto de setores do PDS descontentes com a candidatura do ex-governador paulista Paulo Maluf.

Candidato único das oposições

As gigantescas manifestações de rua continuam, agora em torno de Tancredo Neves, com o apoio do PDT, mas não do PT. Este último, acusa o PMDB de fazer um "pacto de elites" que excluiria os trabalhadores do processo político.

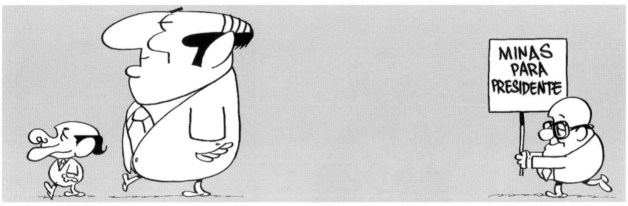

Acima, os mineiros Tancredo Neves, Aureliano Chaves e o eterno candidato à Presidência da República, senador Magalhães Pinto.

A DIVISÃO DO PDS

O partido do regime racha. Três nomes disputam a indicação oficial: Aureliano Chaves, vice-presidente da República, Mário Andreazza, ministro do Interior e Paulo Maluf.

PFL

As grandes mobilizações populares acabam dividindo ainda mais o PDS. Em julho, o senador José Sarney, presidente do partido, renuncia ao comando partidário. Juntamente com Aureliano Chaves e o senador pernambucano Marco Maciel, anuncia a formação do PFL, Partido da Frente Liberal. O novo partido e o PMDB formam a Aliança Democrática, que apresenta a chapa Tancredo Neves para presidente e José Sarney para vice.

Maluf

A vitória de Paulo Maluf na convenção do PDS, contra a vontade do presidente Figueiredo, simpático à candidatura de Mário Andreazza, aprofunda a divisão dos governistas. Muitos deles votarão no candidato da oposição.

O pré-candidato Paulo Maluf é acusado de comprar o voto de convencionais do PDS para a sua candidatura.

O regime tenta várias manobras de última hora para evitar a vitória da oposição. Institui a fidelidade partidária para os deputados do PDS. Surge também a proposta de um mandato-tampão. Isto é, a escolha de um nome de consenso entre o governo e a oposição para presidir o país até 1986, quando então seriam realizadas eleições gerais.

Abaixo, o presidente Figueiredo com o seu último último chefe do Gabinete Civil, o ministro João Leitão de Abreu.

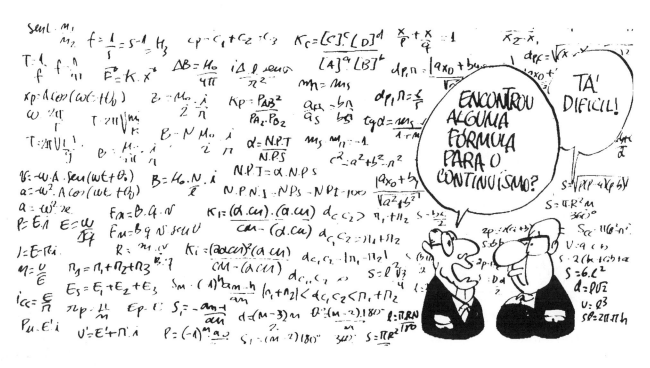

Tancredo Neves, Marco Maciel, Aureliano Chaves, José Sarney, Leonel Brizola, Miguel Arraes, Jânio Quadros, Ulysses Guimarães e Luiz Inácio Lula da Silva.

A VITÓRIA NO COLÉGIO ELEITORAL

A 15 de janeiro de 1985, Tancredo Neves vence a eleição indireta, pondo fim a mais de duas décadas de regime autoritário. Organiza o seu ministério e, finalmente, se prepara para chegar ao poder central. Mas, na véspera da posse, marcada para 15 de março, o novo presidente adoece. Depois de sofrer várias intervenções cirúrgicas e de uma lenta agonia que paralisa o país, Tancredo Neves morre a 21 de abril. O vice-presidente eleito, José Sarney, assume e inicia a chamada transição democrática.

E ASSIM COMEÇOU A TRANSIÇÃO

Uma das primeiras medidas do novo governo é a convocação de uma Assembléia Nacional Constituinte, com o objetivo de escrever uma nova Constituição para o país. É aprovada a legalização do antigo PCB, depois de quase 40 anos proscrito. Também são legalizados o PCdoB e o PSB. E ainda são convocadas eleições para prefeito das capitais.

Inflação e arrocho

O ministro da Fazenda indicado por Tancredo Neves, o economista Francisco Dornelles, toma medidas recessivas, contrariando o discurso do PMDB, que prometera uma política econômica desenvolvimentista para o país. Em agosto, Dornelles é demitido e substituído pelo empresário paulista Dílson Funaro.

O presidente José Sarney, os ministros Almir Pazzianoto, do Trabalho; Dílson Funaro, da Fazenda; João Sayad, do Planejamento; o deputado Ulysses Guimarães e os candidatos a governador pelo PMDB em 1986.

É LANÇADO O PLANO CRUZADO

Enfrentando um galopante processo inflacionário e dificuldades políticas provocadas pelas disputas de poder entre PMDB e PFL, o governo Sarney lança o Plano Cruzado. As medidas são anunciadas pelo ministro Dílson Funaro, em fevereiro de 1986, ano das eleições para governador e para deputados e senadores da Constituinte.

AS MEDIDAS DO PLANO CRUZADO

As principais medidas são:

• adoção de uma nova moeda, o cruzado, que passa a valer 1 unidade para cada mil cruzeiros;

• tabelamento de preços e dólar, ficando ambos congelados;

• congelamento dos aluguéis;

• adoção do "gatilho salarial", isto é, o salário passa a ser reajustado toda vez que a inflação ultrapassar 20%;

• abono de 8% e reajuste do salário mínimo pela média dos últimos 6 meses.

"Fiscais de Sarney"

As medidas provocam grande entusiasmo na população. Surgem por todo o país os "fiscais de Sarney", com a tabela de preços na mão para fiscalizar os preços nos supermercados.

Popularidade

O país se prepara para as eleições em novembro e os partidos governistas surfam na alta popularidade do presidente.

O CRUZADO COMEÇA A FAZER ÁGUA

Logo cedo, os problemas do Plano Cruzado começam a surgir:

- *explosão do consumo;*

- *aumento das importações, com problemas nas contas externas;*

- *surgimento do ágio, preço dos produtos cobrado além da tabela;*

- *desabastecimento;*

- *surge a figura do boi gordo retido no pasto, para forçar a alta do preço da carne;*

- *volta da inflação.*

Eleições

De olho nas eleições, medidas impopulares são evitadas. Em julho, é lançado o "cruzadinho", uma meia-sola para frear o consumo da classe média. É instituído o "depósito compulsório" na compra de álcool, gasolina, automóveis e na aquisição de dólares e passagens aéreas para o exterior.

Realizam-se as eleições e o PMDB obtém 53% das cadeiras da Câmara dos Deputados, enquanto o PFL faz 24% das vagas.

Uma das dificuldades do Plano Cruzado foi a chamada "crise do boi gordo". Pecuaristas provocam o desabastecimento da carne bovina para forçar a alta de preço. Surge o problema do ágio nos supermercados e açougues. O governo facilita a importação da carne, proíbe a exportação e confisca o gado nas fazendas.

DEPOIS DAS ELEIÇÕES, A REALIDADE

Passadas as eleições, um novo pacote é lançado, o Cruzado II, com as medidas postergadas pela campanha eleitoral. Entre elas, fim do congelamento de preços e aumento de tarifas públicas e de impostos. A inflação explode. Em abril de 1987, Dílson Funaro é substituído pelo economista Luiz Carlos Bresser-Pereira no ministério da Fazenda.

Os números mostram que, apesar de uma baixa momentânea da inflação, o Plano Cruzado fracassa no seu principal intento. Distribui renda num primeiro momento, mas em seguida os salários são corroídos pela alta do custo de vida. Veja a inflação (IPCA) medida pelo IBGE:

242,23% em 1985
79,66% em 1986
363,41% em 1987
980,21% em 1988
1.972,91% em 1989

Os governadores Moreira Franco, do Rio de Janeiro, Newton Cardoso, de Minas Gerais, Miguel Arraes, de Pernambuco, Orestes Quércia, de São Paulo, e o presidente José Sarney.

PIB

O PIB tem crescimento nos dois primeiros anos. Mas o presidente Sarney entrega ao seu sucessor uma economia em baixa. Veja a evolução do PIB, nos números do IBGE:

7,85% em 1985
7,49% em 1986
3,53% em 1987
-0,06% em 1988
3,16% em 1989

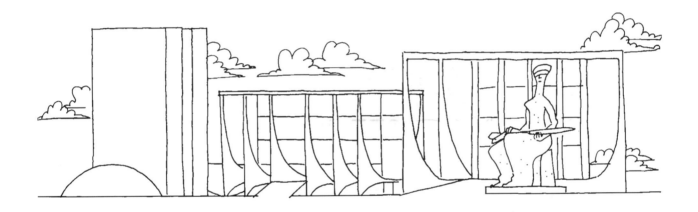

CONSTITUINTE, LIVRE E SOBERANA

Pela convocação de uma Assembléia Nacional Constituinte, livre, democrática e soberana. Era a palavra de ordem da oposição, lançada desde fins dos anos 60, com o objetivo de escrever uma nova Constituição que restabelecesse o Estado de Direito no país.

Congresso Constituinte

Após a abertura de 1979, o movimento ganha ímpeto com a organização de Comitês Pró-Constituinte em todo o país. Mas a Constituinte só será convocada em 1985 pelo presidente José Sarney e instalada em fevereiro de 1987. Na verdade, um Congresso Constituinte. De todo modo, a reivindicação dos setores democráticos de instituir um poder livre e soberano se mantém. As eleições para os deputados constituintes realizam-se como uma das mais livres da história do país.

ULYSSES, O SUPER-PRESIDENTE

Ulysses Guimarães é eleito presidente do Congresso Constituinte. Também é escolhido para presidir a Câmara dos Deputados, o que o faz vice-presidente da República, uma vez que Sarney tornara-se presidente com a morte de Tancredo. Nas viagens do titular, Ulysses assume por diversas vezes a Presidência da República.

O deputado, que ficara conhecido como o "Senhor Diretas" pela atuação na campanha das diretas, é também o presidente do poderoso PMDB, que tem a maioria dos congressistas e 24 dos 26 governadores eleitos em 1986. A força política de Ulysses fará sombra ao presidente Sarney, que se vê obrigado a negociar com ele tanto as votações da Constituinte, como também a aprovação de medidas econômicas.

...bem me quer, mal me quer...

—Êta, mulherzinha difícil, sô!

...você é quem manda, meu bem!

PARLAMENTARISMO OU PRESIDENCIALISMO

O plenário da Constituinte se reúne e logo se divide em dois grandes blocos. De um lado, o "Centrão", reunindo os conservadores, liderados pelo deputado Roberto Cardoso Alves, do PTB de São Paulo. De outro, os chamados progressistas, sob a liderança de Ulysses Guimarães. Muitos temas motivam polêmicas e confrontam os dois grupos. Desde matérias institucionais às questões econômicas e aos capítulos dos direitos sociais.

Sistema e mandato

Dois assuntos políticos geram grandes expectativas. A adoção do sistema parlamentarista e a duração do mandato do presidente Sarney. A Constituição ainda vigente é a da ditadura e sob a qual Sarney havia sido eleito. Por ela, o mandato presidencial é de 6 anos. O compromisso da Aliança Democrática, a coligação do PMDB e do PFL em 1985, é por um período de 4 anos. O presidente Sarney pressiona os constituintes por 5 anos.

A Constituinte mantém o presidencialismo e aprova o mandato de 5 anos, depois de denúncia de distribuição de canais de rádio e televisão a parlamentares. Fica famosa a frase do deputado Roberto Cardoso Alves, "é dando que se recebe".

Ulysses Guimarães é favorável ao presidencialismo, enquanto o presidente da Comissão de Sistematização da Constituinte, senador Afonso Arinos de Melo Franco, do PFL do Rio de Janeiro, defende o parlamentarismo. A fila pela manutenção do presidencialismo é aumentada pelos presidenciáveis Lula (PT), Brizola (PDT) e Marco Maciel (PFL). A maioria dos deputados e senadores vota pelo presidencialismo e pelo mandato de 5 anos para o presidente José Sarney.

A NOVA CONSTITUIÇÃO

A Constituição, promulgada em outubro de 1988, restabelece o Estado de Direito. São garantidas as liberdades democráticas, como as eleições livres e diretas em todos os níveis, inclusive para presidente da República.

Os capítulos da ordem econômica e dos direitos sociais são objetos de muita polêmica e muita pressão dos grupos organizados. A nova Carta aprova, entre outros itens, a reserva de mercado para setores estratégicos da economia, mantém o monopólio da Petrobras, cria o conceito de empresa de capital nacional e tabela os juros em 12% ao ano.

Direitos sociais

Também estabelece vários direitos sociais, alguns dos quais alvo de protestos de setores empresariais. Reduz a jornada de trabalho de 48 para 44 horas semanais, garante o seguro-desemprego, estabelece a licença-maternidade de 120 dias e a licença-paternidade. Determina o 13º salário para os aposentados e estende os direitos previdenciários aos trabalhadores rurais.

Críticas

Os críticos apontam a nova Constituição como geradora de déficit nas contas governamentais ao estabelecer transferências de tributos e repasses da União para estados e municípios, ao sobrecarregar a Previdência Social com a criação de benefícios e ao instituir direitos para o funcionalismo público, entre eles a estabilidade depois de 2 anos de serviço.

A Constituinte faz distinção entre empresas nacionais e estrangeiras, tabela os juros bancários e determina a reforma agrária. Mas, o dispositivo efetivamente cumprido é o mandato de 5 anos para o presidente José Sarney.

MORATÓRIA DA DÍVIDA EXTERNA

A década de 80 é marcada pela crise da dívida externa dos países da América Latina. Em fevereiro de 1987, o presidente José Sarney anuncia a suspensão do pagamento dos juros da dívida por falta de reservas.

Bresser-Pereira

O ministro da Fazenda ainda é Dílson Funaro, mas caberá ao seu sucessor, Luiz Carlos Bresser-Pereira, o anúncio de seguidas suspensões de pagamentos de juros e diversas tentativas não bem sucedidas de acordo com os credores internacionais.

Fim da moratória

Em setembro de 1988, o governo anuncia o fim da moratória. O novo ministro, Maílson da Nóbrega, assina com o FMI um acordo de renegociação da dívida por 20 anos e, em novembro de 1988, volta a pagar as parcelas atrasadas dos débitos dos juros da dívida.

Somente na metade dos anos 90, o Brasil concluirá as negociações com seus credores internacionais e a dívida externa deixará de ser o principal entrave ao desenvolvimento do país.

Acima, os presidentes endividados: José Sarney, do Brasil; Raúl Alfonsín, da Argentina; Miguel de la Madrid, do México; Alan García, do Peru.

O PLANO BRESSER

Na tentativa de conter a volta da inflação, o ministro Luiz Carlos Bresser-Pereira lança um novo pacote:

• congelamento de preços, salários e aluguéis por 90 dias;

• extinção do gatilho salarial;

• desvalorização de 10,5% do cruzado frente ao dólar;

• fim do subsídio ao trigo e suspensão de obras públicas;

• correção dos salários pela média da inflação (IPC) dos últimos 3 meses, entre outras medidas.

O ministro tenta, sem sucesso, promover o "pacto social", um acordo entre patrões e empregados para conter a alta dos preços e evitar a indexação dos salários.

Novo ministro

Sem êxito nas negociações da dívida externa com os credores internacionais, sem conseguir domar a inflação e com dificuldades políticas provenientes do afastamento do PMDB do governo Sarney, o ministro Bresser-Pereira deixa o governo em dezembro de 1987, sendo substituído pelo economista Maílson da Nóbrega.

—Como está a reação ao novo congelamento?
—Fria...

O senador Severo Gomes, de São Paulo, o governador de Pernambuco, Miguel Arraes, e o deputado Ulysses Guimarães, todos então do PMDB e contrários a ida do Brasil ao FMI.

...volteeei para rever os amigos que um dia...

A POLÍTICA DO FEIJÃO COM ARROZ

A política econômica de Maílson da Nóbrega é chamada por ele próprio como a do "feijão com arroz". O ministro volta a pagar os compromissos da dívida externa, apresenta um programa para a economia brasileira ao FMI e promove reajuste das tarifas públicas. No início de 1989, lança o último pacote do governo Sarney, o "Plano Verão":

• cria o Cruzado Novo e estabelece novo congelamento de preços;

• extingue a correção monetária;

• corte nos gastos públicos.

Eleições

Em ano eleitoral, a última medida não se realiza, o plano não consegue controlar a alta do custo de vida e o país vive uma paralisia governamental. É nesta conjuntura que se realiza a primeira eleição para presidente da República em quase 30 anos.

Ao lado e abaixo, Sarney e o ministro da Fazenda, Maílson da Nóbrega.

Os candidatos Brizola, Ulysses, Covas, Collor, Maluf, Aureliano Chaves, Afif, Lula e Freire.

AS DIRETAS PARA PRESIDENTE

Enfim, o Brasil vai às urnas para escolher o seu presidente. O PMDB apresenta Ulysses Guimarães como o seu candidato. O PFL, Aureliano Chaves. O PSDB lança o senador Mário Covas. É o mais novo partido do país, surgido em 1988, com lideranças que deixaram o PMDB por discordarem dos rumos do governo Sarney e por desentendimentos com o governador de São Paulo, o peemedebista Orestes Quércia. O PT vai de Lula. O ex-governador Leonel Brizola é candidato pelo PDT. Paulo Maluf (PDS), Ronaldo Caiado (PSD), Guilherme Afif (PL) e Roberto Freire (PCB) também concorrem. No entanto, é Fernando Collor de Mello, ex-governador de Alagoas e candidato do minúsculo PRN, quem irá ao segundo turno com Lula.

A VITÓRIA DE COLLOR

Com uma verborragia de oposição e um discurso de moralidade administrativa, Fernando Collor consegue chegar ao segundo turno, aproveitando-se das dificuldades econômicas e do desgaste do governo Sarney, acossado por denúncias de corrupção.

Eis os resultados do 1º turno:

Fernando Collor: 28,5%
Luiz Inácio Lula da Silva: 16,08%
Leonel Brizola: 15,45%
Mário Covas: 10,76%
Paulo Maluf: 8,28%
Guilherme Afif Domingos: 4,53%
Ulysses Guimarães: 4,43%
Roberto Freire: 1,06%
Aureliano Chaves: 0,83%
Ronaldo Caiado: 0,68%

Segundo turno

Receosos das posições esquerdistas de Lula, os partidos conservadores, o empresariado e setores da mídia e da classe média descarregam sua força política e econômica no candidato do PRN. Fernando Collor vence o pleito com 42,75% dos votos, contra 37,86% dados a Lula.

No alto, Fernando Collor e o ex-presidente Jânio Quadros, eleito em 1960 com o discurso de que iria varrer a corrupção do Brasil. Jânio usou uma vassoura como símbolo de sua campanha. Renunciou em 1961, alegando pressões de "forças ocultas". Ao lado, Ulysses, Freire, Covas e Brizola apóiam Lula contra Collor no segundo turno.

Capítulo 4

DO CONFISCO AO IMPEACHMENT

1990-1992
Os anos Collor

A primeira medida do governo Collor é meter a mão no bolso dos brasileiros. Confisca o dinheiro das cadernetas de poupança e contas correntes. O pretexto é reduzir a moeda em circulação e, com isso, conter a hiperinflação. E Collor é acusado de continuar metendo a mão. Em menos de um ano de governo, o Brasil conhece o esquema PC e descobre que por trás do discurso moralista há um presidente envolvido em escândalos de corrupção.

O CONFISCO DA POUPANÇA

No dia da posse do novo governo, a ministra da Economia, Zélia Cardoso de Melo, anuncia ao país estarrecido as medidas do Plano Collor:

• *bloqueio dos saldos das cadernetas de poupança e contas correntes, com valores acima de 50 mil cruzados novos, ou seja, 1.200 dólares ao câmbio oficial, por um prazo de 18 meses;*

• *liberação de saques para pagamentos de tributos e salários;*

• *extinção do cruzado novo e volta do cruzeiro;*

• *tabelamento com posterior liberação gradual de preços;*

• *aumento de impostos e tarifas;*

• *pré-fixação dos salários com posterior negociação entre patrões e empregados;*

• *fim das restrições às importações;*

• *criação de novos impostos e fim de incentivos fiscais não previstos na Constituição.*

A AGENDA NEO-LIBERAL

O governo Collor leva o Brasil para a chamada agenda neo-liberal, caracterizada pela desregulamentação da economia e a diminuição do Estado, com privatização de empresas estatais, demissão de funcionários e cortes nos gastos públicos. Collor apresenta o Programa Nacional de Privatizações e tenta conter os gastos da Previdência.

As medidas econômicas não trazem os resultados esperados e o país é jogado numa grave crise econômica e social, com forte redução da produção. Em janeiro de 1991, é decretado o Plano Collor 2, que aplica uma política de juros altos na tentativa de debelar a inflação. Um novo congelamento de preços é anunciado.

PIB

Os números do IBGE mostram o malogro econômico do governo Collor. Veja a evolução do PIB:

-4,35% em 1990
1,03% em 1991
-0,54% em 1992

Abaixo, índice da inflação (IPCA), medido pelo IBGE:

1.620,97% em 1990
472,70% em 1991
1.119,10% em 1992

Os ministros Antônio Rogério Magri, do Trabalho, e Zélia Cardoso de Melo, da Economia.

O presidente adota estilo esportivo. Faz cooper, luta caratê, pula de asa delta, dirige jet-ski, voa num caça da FAB...

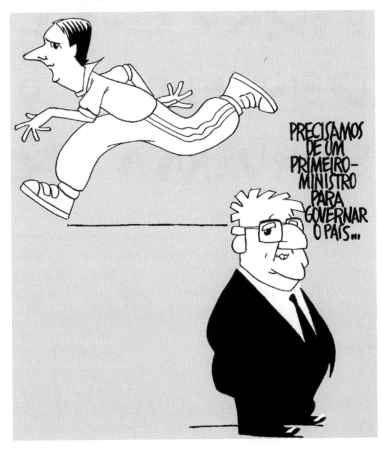

O parlamentarista Afonso Arinos, então senador pelo PSDB.

PEDRO COLLOR DENUNCIA O ESQUEMA PC

Em maio de 1992, em entrevista à revista Veja, *o empresário Pedro Collor diz haver um esquema de corrupção envolvendo o seu irmão, Fernando Collor, e o ex-tesoureiro de campanha, o advogado Paulo César Farias. Segundo a denúncia, PC, como era conhecido, fazia tráfico de influência e era testa-de-ferro do presidente. Ambos teriam arrecadado quase 100 milhões de dólares só no segundo turno da campanha eleitoral.*

Thereza Collor

A briga entre os irmãos seria motivada por discordâncias nos negócios das empresas jornalísticas da família em Alagoas. E também por Fernando Collor assediar sua cunhada Thereza Collor, mulher de Pedro, segundo ele próprio declara à revista.

CPI REVELA O ESQUEMA

Em fins de maio, a Câmara dos Deputados abre uma CPI para apurar as denúncias contra o presidente. Os parlamentares dizem ter desvendado o esquema:

• PC recebe propina de empresários e faz tráfico de influência junto ao governo federal;

• o dinheiro é enviado a empresas fantasmas em paraísos fiscais no exterior;

• o dinheiro retorna ao país para a conta de "fantasmas" ou "laranjas", que o repassam para a família de Collor e seus assessores através de cheques. Um dos "fantasmas" é a própria secretária do presidente, Ana Accioly.

Ex-motorista

O ex-motorista de Collor, Eriberto França, confirma a ligação entre Collor e PC Farias. É quebrado o sigilo bancário dos envolvidos e a CPI descobre esquema que teria movimentado cerca de 350 milhões de dólares. Segundo os deputados, o dinheiro teria sido usado para patrocinar uma luxuosa reforma nos jardins da "Casa da Dinda", a mansão do casal presidencial. O presidente responde que o dinheiro provinha de empréstimo no Uruguai, conseguido pelo seu assessor de comunicação, Cláudio Vieira. A CPI investiga o empréstimo e conclui que a chamada "operação Uruguai" é uma farsa.

A primeira-dama Roseane Collor, o presidente Collor, o empresário Paulo César Farias e o assessor Cláudio Vieira. De todos eles, o único a ser preso é PC Farias.

Cai a chamada "República de Alagoas": Lafayete Coutinho, presidente do Banco do Brasil, Cláudio Vieira, Paulo César Farias e Fernando Collor de Mello.

A sociedade civil organiza grandes manifestações pelo impeachment e alguns políticos pegam carona no movimento. Na charge abaixo, Barbosa Lima Sobrinho, da ABI, Ulysses Guimarães, do PMDB, Dom Luciano Mendes de Almeida, da CNBB, Mário Covas, do PSDB, Miguel Arraes, do PSB, Lula, do PT, Roberto Freire, do PPS, Leonel Brizola, do PDT, Joaquim Francisco, do PFL, Orestes Quércia, do PMDB e Paulo Maluf, do PDS.

O IMPEACHMENT

Com as revelações da CPI, surgem protestos em todo o país. Em agosto, pipocam manifestações estudantis, cuja palavra de ordem é "Fora Collor". O presidente convoca a população para usar roupas nas cores verde e amarela em seu apoio. Capitaneados pela UNE, os estudantes respondem com grandes passeatas em que se vestem de preto e pintam o rosto com as cores da bandeira nacional. São os "caras-pintadas".

OAB e ABI

No início de setembro, o presidente da ABI, Barbosa Lima Sobrinho, e o presidente da OAB, Marcelo Lavanére, levam pedido de impeachment (impedimento) ao Congresso Nacional. Em 29 de setembro, a Câmara dos Deputados aprova o afastamento do presidente da República, com 411 votos a favor, 38 contra, 1 abstenção e 23 ausências. O vice-presidente Itamar Franco assume a Presidência no início de outubro.

Em dezembro, Fernando Collor renuncia ao cargo para evitar o processo no Senado. Mesmo assim, o julgamento é feito e o presidente é condenado por crime de responsabilidade, perdendo não só o mandato, como também os direitos políticos por 8 anos.

Collor de Mello entre os ex-presidentes Jânio Quadros e Richard Nixon, dos Estados Unidos, que renunciaram ao cargo.

Abaixo, Collor entrega carta de renúncia ao presidente do Senado, Mauro Benevides, uma manobra fracassada para evitar a suspensão dos seus direitos políticos por 8 anos.

O mineiro Itamar Franco substitui Fernando Collor na Presidência da República.

Capítulo 5

DA INFLAÇÃO AO PLANO REAL

1992-1994
Os anos Itamar

Itamar Franco assume e, vários ministros da Fazenda depois, nomeia Fernando Henrique Cardoso para comandar a economia. É lançado o Plano Real. Embalado pelo êxito no combate à inflação, o ministro se candidata à Presidência e ganha a eleição já no primeiro turno.

No movimento pelo impeachment, os estudantes "cara-pintadas" escrevem em suas testas a frase "Fora Collor". Já o novo presidente...

O ministro Eliseu Rezende, da Fazenda, declara que fará a política do feijão com arroz e...

A "REPÚBLICA DO PÃO DE QUEIJO"

Itamar Franco nomeia um ministério com representantes de quase todos os partidos. Ficam de fora setores do PFL que apoiaram Collor e o PT, que se recusa a participar do novo governo. A petista Luíza Erundina aceita o convite para o ministério da Administração e é afastada do partido.

Juiz de Fora

No ministério de Itamar também há lugar para seus colaboradores da época em que fora prefeito de Juiz de Fora. Para o Planejamento é nomeado o seu conterrâneo, Paulo Roberto Haddad. Na chefia da Casa Civil e no ministério da Educação, os também mineiros Henrique Hargreaves e Murilo Hingel. É a chamada "República do pão de queijo".

SEIS MINISTROS DA FAZENDA

É no Ministério da Fazenda que o temperamento do presidente se revela. Em dois anos e seis meses, Itamar Franco nomeia seis titulares da pasta: Gustavo Krause, Paulo Haddad, Eliseu Rezende, Fernando Henrique Cardoso, Rubens Ricupero e Ciro Gomes.

A impaciência de Itamar é com a alta inflação. Por fim, o ministro Fernando Henrique acalma o presidente ao anunciar um plano de combate à inflação. Pouco depois de indicado, lança a Unidade Real de Valor, a URV, que fará a transição para a nova moeda, o real.

Parabólica

Alguns ministros deixam o governo após se desentenderem com Itamar, casos de Gustavo Krause e Paulo Haddad. Eliseu Rezende é derrubado por denúncias de irregularidades. Já Rubens Ricupero pede demissão depois do "escândalo da parabólica". Enquanto o ministro se prepara para uma entrevista à televisão, declara que "todo empresário é bandido". A conversa é captada por antenas parabólicas em Brasília, provocando a substituição do ministro pelo governador do Ceará, Ciro Gomes.

O ministro da Fazenda, Gustavo Krause, entre os ministros Walter Barelli, do Trabalho, e Antônio Brito, da Previdência, propõe cortes nos gastos do governo para conter a inflação.

Paulo Haddad substitui Krause, porém é demitido antes de lançar a sua "âncora cambial". Eliseu Rezende assume, mas por pouco tempo.

Fernando Henrique Cardoso é nomeado ministro da Fazenda e inicia o Plano Real. Sai candidato à Presidência e deixa o cargo para Rubens Ricupero, que é substituído por Ciro Gomes.

O ministro Fernando Henrique, da Fazenda, aperta o cinto do governo.

O PLANO REAL

Para os criadores do Real, a inflação brasileira seria provocada pelos gastos do governo e pela indexação da economia. As primeiras medidas buscam o equilíbrio das contas públicas. Em junho de 1993, é anunciado corte de 6 bilhões de dólares nos gastos e a venda da participação do governo em empresas privadas.

Impostos

Em julho, o cruzeiro perde três zeros e, em agosto, passa a ser o cruzeiro real. Começa a cobrança do imposto do cheque, posteriormente batizado de CPMF, a Contribuição Provisória sobre Movimentação Financeira. Em novembro, o governo assina um acordo com 90% dos credores da dívida externa em que 52 bilhões de dólares do débito e 6,3 bilhões de dólares de juros atrasados são rolados. E envia ao congresso um novo conjunto de medidas:

• reajuste de 5% nos tributos federais e retenção de 15% dos repasses constitucionais aos estados e municípios;
• corte de 20% no orçamento para 1994 e extinção de ministérios;
• desvinculação de receitas obrigatórias da área social, previstas pela Constituição.

A Nova Moeda

Segundo os economistas do Plano Real, a indexação da economia, isto é, a correção de preços e salários pelo índice da inflação passada, seria a responsável pelo fenômeno da "inflação inercial", gerando uma inflação crônica.

"Âncora cambial"

Para romper esse círculo vicioso, seria preciso criar uma nova moeda descontaminada da inflação passada e que estivesse ancorada numa moeda estrangeira de estabilidade reconhecida pelos agentes econômicos. Dessa forma, o dólar passa a ser usado como "âncora cambial".

Câmbio controlado

Em março, é criada a Unidade Real de Valor (URV), como transição para a nova moeda. E, em julho, é anunciada a criação de uma nova moeda, o real, que entra em circulação a 1º de agosto com o valor de 1 dólar para 1 real. É adotado o sistema de "banda cambial", dentro da qual o dólar teria pequena variação de cotação.

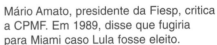

Mário Amato, presidente da Fiesp, critica a CPMF. Em 1989, disse que fugiria para Miami caso Lula fosse eleito.

O CONTROLE DA INFLAÇÃO

O Plano Real só derruba a inflação em 1995, já no governo de Fernando Henrique Cardoso, quando a taxa anual fica em 15,02%. Mas é no governo Itamar Franco que começa a trajetória de queda. Veja a taxa de inflação (IPCA) do IBGE para o período:

2.477,15% em 1993
916,46% em 1994

A retórica oficial é da retomada do crescimento econômico. São tomadas algumas medidas, como a redução para 0,1% do Imposto sobre Produtos Industrializados dos carros populares. A pedido do presidente, o fusca é relançado.

PIB cresce

A evolução do PIB mostra que as medidas surtiram efeito. Em 1992, último ano do governo Collor, o PIB tem contração, mas no ano seguinte experimenta um salto. Veja os números do IBGE:

-0,54% em 1992
4,92% em 1993
5,85% em 1994

A popularidade do governo está em alta.

Itamar está gripado e a inflação de maio de 1993 chega a 32,27%.

O ministro do Trabalho, Walter Barelli, passa a bomba para Fernando Henrique, ministro da Fazenda, que passa para o líder do governo na Câmara, Roberto Freire, que passa para o líder no Senado, Pedro Simon, que passa para o presidente Itamar franco, a quem cabe o desgate político de vetar o reajuste mensal dos salários.

O SALÁRIO MÍNIMO

Outra questão que toma conta do debate no governo Itamar Franco é a recuperação do salário mínimo. Chega-se a propor o equivalente a 100 dólares. Os sindicalistas querem um reajuste de 100% e o gatilho de reajuste mensal dos salários.

Quando senadores, Itamar Franco e Fernando Henrique votaram favoravelmente ao reajuste mensal dos salários.

Os sindicalistas querem aumento de 100% para o salário mínimo e reajuste mensal dos salários. Ao lado, no alto, Jair Meneguelli, presidente da CUT, Luiz Antônio Medeiros, presidente da Força Sindical, Fernando Henrique Cardoso, ministro da Fazenda, e Walter Barelli, ministro do Trabalho.

Embaixo, no centro, o presidente Itamar Franco com Francisco Canindé Pegado, da CGT, Luiz Antônio Medeiros e Jair Meneguelli. Mais abaixo, Itamar Franco, Medeiros, Meneguelli e Fernando Henrique.

Depois de muitas reuniões e premido pelos cortes nos gastos, o governo anuncia que não há verba para o aumento do salário mínimo. Abaixo, o último ministro da Fazenda de Itamar Franco, o ex-governador do Ceará, Ciro Gomes.

TODAS AS MULHERES DO PRESIDENTE

Viúvo, Itamar Franco se vê envolvido em vários episódios românticos. O encontro do presidente com a modelo Lílian Ramos no camarote do Sambódromo da Marquês de Sapucaí, no Rio de Janeiro, é o grande assunto do carnaval de 1994. Tudo estava bem até se descobrir que, por baixo da camiseta, Lílian estava sem calcinha. A indiscrição da moça é fotografada e estampada nos principais jornais e revistas do país.

O PLEBISCITO

Em abril de 1993, realiza-se o plebiscito sobre o sistema de governo, se parlamentarista ou se presidencialista. PSDB, PFL, PPS, PSB e PCdoB apóiam o parlamentarismo, enquanto PT, PMDB e PDT fazem campanha pelo presidencialismo, o vencedor da consulta.

Acima, os ministros Henrique Santillo, da Saúde, e Walter Barelli, do Trabalho, com Itamar Franco. Ao lado, Orestes Quércia, Leonel Brizola, Antônio Carlos Magalhães, Paulo Maluf e Lula, todos pelo presidencialismo.

FHC GANHA NO PRIMEIRO TURNO

Com a força do governo e da popularidade do Plano Real, Fernando Henrique monta uma ampla coligação eleitoral para concorrer às eleições presidenciais de 3 de outubro de 1994. Formada pelo seu PSDB, mais o PFL e o PTB, o tucano isola a oposição e já ganha no primeiro turno, com 54,27% dos votos.

Luiz Inácio Lula da Silva (PT) obtém 27,04%, Enéas Carneiro (Prona), 7,38%, Orestes Quércia (PMDB), 4,38%, Leonel Brizola (PDT), 3,18%, e Esperidião Amin (PPB), 2,75%.

Os candidatos Leonel Brizola, Orestes Quércia, Enéas Carneiro e Esperidião Amin ficam, cada um, abaixo de 10% dos votos válidos. Ao lado, o candidato a vice-presidente na chapa com Fernando Henrique, Marco Maciel, do PFL, que apoiou Fernando Collor nas eleições de 1989.

Capítulo 6

DA QUEDA DA INFLAÇÃO AO FMI

1995-2002
Os anos FHC

O governo Fernando Henrique Cardoso consegue domar a inflação. Com a popularidade em alta, aprova emenda constitucional que lhe garante o direito à reeleição. No segundo mandato, a economia entra em marcha lenta, abalada por crises internacionais. O desemprego cresce e a renda dos assalariados cai. O país enfrenta fuga de capitais. Para manter a crise sob controle, o governo promove uma grande alta dos juros. A dívida pública explode e o Brasil, mais uma vez, recorre ao FMI.

ALIADOS POLÊMICOS

A aliança do PSDB com o PFL e o PTB provoca críticas de seus adversários. O bloco de aliados, ao qual se integrarão o PPB, de Paulo Maluf, e parte do PMDB, é tido como fisiológico. Isto é, apóia o governo em troca de favores oficiais.

ACM

Entre os seus líderes está Antônio Carlos Magalhães, governador da Bahia nomeado pelo regime militar. Sua gestão no Ministério das Comunicações, à época de Sarney, fora marcada por denúncias de doação a parlamentares de concessões de canais de rádio e TV em troca de apoio ao governo. No PTB, destaca-se o deputado Roberto Jefferson, da tropa de choque de Collor.

O PSDB argumenta que a aliança possibilitou a vitória de Fernando Henrique no primeiro turno, bem como a maioria no Congresso para aprovação de projetos governamentais.

Rompimento

A convivência entre aliados não é fácil, com disputas de poder entre seus líderes. O casamento dura enquanto o governo mantém boas taxas de popularidade. Após a crise do Real e com a sucessão de 2002, PFL e PTB desfazem a aliança com os tucanos.

Acima, os senadores Antônio Carlos Magalhães (PFL-BA) e José Sarney (PMDB-AC), os deputados Inocêncio de Oliveira (PFL-PE) e Nelson Marquezelli (PTB-SP).

Acima, os líderes do PPB, Francisco Dornelles, Esperidião Amin, Paulo Maluf e Delfim Netto, com Marco Maciel e o presidente. Embaixo, o senador Roberto Requião, o ministro da Articulação Política, deputado Luiz Carlos Santos e o senador Antônio Carlos Magalhães.

quem manda

Fernando Henrique e a primeira-dama Ruth Cardoso com Alan Greenspan, presidente do Federal Reserve (o Banco Central norte-americano), Michel Camdessus e Stanley Fischer, ambos diretores do FMI.

Ao lado, o presidente com Pedro Malan, ministro da Fazenda. Em baixo, com José Serra, do Planejamento.

ÊXITOS INICIAIS DO REAL

A derrubada da inflação é o principal mérito do Plano Real. Veja os número do IBGE para a inflação (IPCA):

916,46% em 1994
22,41% em 1995
9,56% em 1996
5,22% em 1997
1,65% em 1998

O controle da inflação contribui para a melhora do poder de compra dos brasileiros. Veja a evolução da renda média, em valores de 2006, segundo o IBGE:

R$ 715,00 em 1993
R$ 923,00 em 1995
R$ 948,00 em 1996
R$ 937,00 em 1997
R$ 929,00 em 1998

PIB

O Real não tem o mesmo sucesso quanto ao crescimento econômico. Nos primeiros anos, observa-se um bom nível da atividade econômica para, em seguida, ver-se uma desaleceração do PIB. Os números do IBGE:

5,8% em 1994
4,2% em 1995
2,2% em 1996
3,4% em 1997
0,0% em 1998

Nem tudo estava bem.

PROBLEMAS DO REAL

Uma das primeiras dificuldades é o saldo negativo entre importação e exportação. Para induzir a queda dos preços internos, o governo reduz os impostos de importação e força um "choque de oferta" de produtos importados. Com isso, há uma explosão de consumo de importados, com seguidos déficits na balança comercial.

Juros altos

Na busca para cobrir o déficit, o governo lança títulos da dívida pública e paga altas taxas de juros para atrair os dólares. Tal estratégia deixa o país mais dependente e vulnerável às crises mundiais.

Desemprego

Com a elevação dos juros para garantir o fluxo de dólares, o governo provoca um aumento da dívida pública e a contração da atividade econômica, causando falências e demissões. Ao liberar os importados, expondo a economia à competição internacional, leva as pequenas e médias empresas a mais falências e mais demissões.

No alto, o ministro Pedro Malan. Ao centro, o presidente e o ministro da Agricultura, José Eduardo Vieira. Ao lado, Carlos Eduardo Ferreira, da FIESP, Vicentinho, da CUT, Medeiros, da Força Sindical, Lula, Maluf, Antônio Carlos Magalhães, Ruth Cardoso e Fernando Henrique.

A REELEIÇÃO

O sucesso dos primeiros anos do Real acalenta o sonho de Fernando Henrique de mais um mandato presidencial. Para tanto, é preciso mudar a Constituição e permitir ao presidente concorrer à reeleição. A mudança exige a aprovação de 2/3 dos deputados e senadores.

Embaixo, o presidente e o seu ministro dos Esportes, Edson Arantes do Nascimento, o Pelé, "rei do futebol".

Acima, Fernando Henrique com Carlos Menen, presidente da Argentina. Ao lado, no centro, com Ruth Cardoso. Embaixo, o presidente com Paulo Renato, ministro da Educação, Sérgio Motta, das Comunicações, Pedro Malan, da Fazenda e Antonio Kandir, do Planejamento.

Na página ao lado, no alto, o ex-presidente José Sarney. Ao lado, no canto superior, com o ex-presidente Itamar Franco, também contrário à reeleição. No centro, Lula e o líder cubano Fidel Castro. Embaixo, Sérgio Motta, no momento em que o governo enfrenta dificuldades no Congresso para aprovar a emenda da reeleição. No canto inferior, Fernando Henrique e os potenciais candidatos à Presidência da República: Lula, Maluf, Itamar, Sarney, Brizola e Quércia.

A APROVAÇÃO DA REELEIÇÃO

Após muitas articulações envolvendo especialmente PFL, PSDB e PMDB, a emenda da reeleição é votada com ampla aprovação dos parlamentares.

Compra de votos

Surgem denúncias de que parlamentares receberam não só favores governamentais, como também dinheiro para aprovar a emenda constitucional. É o caso do deputado Ronivon Santiago, do PPB do Acre, que, em conversa gravada, diz ter recebido do ministro das Comunicações, Sérgio Motta, a quantia de 200 mil reais para votar a favor da reeleição. O ministro nega.

Ronivon

A oposição tenta instalar uma CPI para investigar as denúncias, mas o governo consegue abafar o caso. Ronivon Santiago e João Maia, outro deputado do Acre envolvido no escândalo, renunciam a seus mandatos. Outros três deputados denunciados são absolvidos pela Comissão de Constituição e Justiça da Câmara.

No centro, o ministro das Comunicações, Sérgio Motta, e o deputado Ronivon Santiago, do PPB do Acre.

México, a primeira crise

Com a crise do México, entre 1994 e 1995, o Real mostra sua fragilidade diante das turbulências internacionais. Para enfrentá-las, o governo lança um pacote de 51 medidas, entre elas o aumento da taxa de juros e a elevação do imposto de renda.

Segundo dados do IBGE, o desemprego começa a subir. Veja a média mensal da taxa de desemprego aberto nas principais regiões metropolitanas do país:

5,44% em 1994
4,96% em 1995
5,81% em 1996
6,14% em 1997
8,35% em 1998

Emprego

O emprego com carteira assinada cai, mostrando as dificuldades das empresas em contratar seus funcionários. Confira os números do IBGE:

53,7% em 1991
49,2% em 1994
45,8% em 1998

Mas a percepção geral é de que a economia está bem. E assim, os eleitores concedem mais um mandato para Fernando Henrique Cardoso.

O presidente é reeleito e, em seguida, aumenta os impostos para cobrir o rombo nas contas públicas.

FERNANDO HENRIQUE É REELEITO

    O presidente consegue se reeleger novamente no primeiro turno, apesar do abalo na economia provocado pela crise da Rússia e dos países asiáticos, em 1998. Usando a sua popularidade, ainda em alta, repete a ampla coligação que havia montado na eleição anterior. Junta mais uma vez PSDB, PFL e PTB. E recebe apoio do PPB, de Paulo Maluf, e de setores do PMDB.

    Fernando Henrique Cardoso obtém 53,06% dos votos. Luiz Inácio Lula da Silva, do PT, recebe 31,71%. Ciro Gomes, do PPS, fica com 10,97%. Enéas Carneiro, do Prona, é votado por 2,14% dos eleitores.

Fernando Henrique Cardoso sofre os efeitos da economia globalizada...

A CRISE DO REAL

As sucessivas crises internacionais dos anos 90 acabam com a festa do Real. O plano depende do constante fluxo de capitais externos para o Brasil, não só para financiar as importações, que garantiram a derrubada dos preços internos, como também para manter a moeda nacional ancorada ao dólar.

O período é de grandes turbulências, muitas delas geradas pela crise das moedas dos países emergentes:

1994/1995- crise do México.
1997/1998- crise dos países do sudeste da Ásia e moratória da dívida da Rússia.
2001- atentado terrorista de 11 de setembro nos Estados Unidos.
2001/2002- crise da Argentina, com a moratória e o fim da dolarização da economia.

FUGA DE DÓLARES

Com a crise do México, os investidores internacionais passam a ver os países emergentes com desconfiança. Muitos não investem no setor produtivo (indústria, agricultura, serviços, comércio), mas na especulação financeira (títulos da dívida pública etc), em busca de lucro fácil proporcionado pelas altas taxas de juros. Temerosos de perder tais ganhos, transferem suas aplicações para países de maior segurança econômica, como os Estados Unidos.

Juros

Assim, o Brasil enfrenta uma massiva fuga de capitais, desestabilizando a moeda e a economia nacionais, dependente de dólares. O governo reage elevando ainda mais a taxa de juros para tornar as aplicações mais atraentes e garantir a entrada da moeda norte-americana.

Metas de inflação

Em 1999, diante da iminência de ir à bancarrota, o governo abandona a estratégia de âncora cambial que mantém o real equivalente ao dólar. Adota, então, o sistema de metas de inflação, praticado em vários países.

O presidente dos Estados Unidos, Bill Clinton, em meio ao escândalo sexual que abalou a Casa Branca. No alto, com Paula Jones e Monica Lewinsky. No centro, com Hillary Clinton.

PAÍS QUASE QUEBRADO

Durante a crise da Rússia, em 1998, a taxa de juros no Brasil fica acima de 40%. A alta dos juros e a desvalorização do real fazem a dívida pública explodir. No início de 1996, a dívida do setor público em relação ao PIB era de 27%. Em 2002, ela chega a 61,7%. Veja a evolução da dívida em valores de março de 2006:

R$ 61,8 bilhões em 1994
R$ 108,5 bilhões em 1995
R$ 176,2 bilhões em 1996
R$ 255,5 bilhões em 1997
R$ 323,9 bilhões em 1998
R$ 441,4 bilhões em 1999
R$ 510,7 bilhões em 2000
R$ 624,1 bilhões em 2001
R$ 623,2 bilhões em 2002

Estados Unidos

Para tapar o rombo, o governo promove cortes de despesas e aumento de impostos. Sobem as alíquotas do Imposto de Renda e da contribuição ao INSS. Fernando Henrique pede ajuda ao presidente dos Estados Unidos, Bill Clinton. Consegue um empréstimo de 41,5 bilhões de dólares, sendo que 18 bilhões de dólares do FMI. Em 2001, o Brasil recorre outra vez a novo empréstimo do Fundo, agora no valor de 13 bilhões de dólares. É a época do colapso econômico da Argentina e de recessão nos Estados Unidos.

Durante a crise da desvalorização do real, o presidente do Banco Central, Gustavo Franco, é demitido. Em seu lugar, assume Francisco Lopes, que defende o alargamento da banda cambial, com maior oscilação do preço do dólar. Armínio Fraga substitui Lopes e adota o câmbio flutuante, com o dólar variando de acordo com o mercado.

INFLAÇÃO AMEAÇA VOLTAR

Com a desvalorização do real, a inflação ameaça voltar. Os números do IPCA apurados pelo IBGE para o período:

8,94% em 1999
5,97% em 2000
7,67% em 2001
12,53% em 2002

AJUDA AOS BANCOS

O governo alega que o crescimento da dívida pública deve-se também ao surgimento dos "esqueletos": as dívidas de governos anteriores assumidas por Fernando Henrique. Um deles, o rombo dos bancos estaduais, então federalizados e depois privatizados. De acordo com o Banco Central, o custo do saneamento desses bancos, em valores de 2000, é de R$ 55,5 bilhões. Ou seja, 5,7% do PIB.

Proer

Para os bancos privados, o governo lança o Proer, Programa de Estímulo à Reestruturação e Fortalecimento do Sistema Financeiro Nacional. Alguns bancos sofrem intervenção do Banco Central e são vendidos a preços simbólicos. As autoridades econômicas argumentam que, graças ao Proer, evita-se uma crise nas instituições financeiras que poderia contaminar toda a economia.

Lucros

O setor financeiro ganha com a crise. Detentor dos títulos da dívida pública, lucra com a alta dos juros. Veja a contribuição das receitas com títulos de valores mobiliários para a rentabilidade dos bancos, segundo a Folha de São Paulo, de 19 de dezembro de 2002:

22% em 1994
28% em 1996
38% em 1998
34% em 2000
42% em 2001

No alto, o presidente do Banco Central, Edmar Bacha, e Adib Jatene, ministro da Saúde. Embaixo, Salvatore Cacciola, do Banco Marka, acusado de ser favorecido pelo BC na compra de dólares. Ao lado, o presidente com os líderes do PFL, Benito Gama, Jorge Bornhausen, Marco Maciel, Antônio Carlos Magalhães, Luís Eduardo Magalhães e Inocêncio de Oliveira.

A PRIVATIZAÇÃO E O APAGÃO

Os setores privatizados no período são o elétrico e o de telecomunicações. Neste último, observa-se uma grande expansão dos serviços de telefonia, porém com as tarifas reajustadas pelo IGP-M, maior que o IPCA, índice de inflação no qual se baseiam os reajustes salariais.

O setor elétrico enfrenta dificuldades pela falta de investimentos e pela escassez de chuvas nos reservatórios das hidrelétricas. Assim, em 2001, entra em colapso e o país enfrenta um custoso racionamento de energia elétrica. Além de serem obrigados a reduzir o consumo de eletricidade em 20%, os consumidores ainda têm de arcar com um seguro para o aluguel de usinas termoelétricas. Já as indústrias são obrigadas a um racionamento de 35%.

O grampo no BNDES

O processo de venda das estatais é alvo de críticas e acusações de favorecimento a grupos privados. O caso mais rumoroso é o das fitas gravadas por meio de escuta ilegal em telefones do BNDES. Nelas, a suspeita de favorecimento a um banco no leilão de privatização da Tele Norte Leste. O escândalo leva à demissão do Ministro das Comunicações, Luiz Carlos Mendonça de Barros, do presidente do BNDES, de diretores do Banco do Brasil e da Previ, o fundo de pensão dos funcionários do banco. A tentativa da oposição de instalar uma CPI para investigar o caso é derrotada.

No alto, o presidente com os ministros Pedro Parente, do Planejamento, e José Jorge, das Minas e Energia.

A VOLTA DO ARROCHO

A alta dos juros para evitar a fuga de dólares, o aumento de impostos e cortes nos gastos para conter a dívida e o racionamento para diminuir a crise de energia elétrica sacrificam o crescimento. A economia do país pára. O resultado é a queda da renda dos assalariados e aumento do desemprego.

A modelo Suzana Alves, a Tiazinha, musa do carnaval de 1999.

RENDA CAI E DESEMPREGO AUMENTA

A crise leva ao baixo crescimento do PIB. Apesar de 2000 apontar para uma retomada, a economia se desacelera com a crise energética de 2001. Os números do IBGE para o PIB:

0,3% em 1999
4,3% em 2000
1,3% em 2001
2,7% em 2002

Desemprego

Como conseqüência, o desemprego cresce. Segundo pesquisa do DIEESE e da Fundação Seade, em 2002 o desemprego chega a 19% na região metropolitana de São Paulo. Veja os números do IBGE para o desemprego no período, nas áreas metropolitanas do país:

8,26% em 1999
7,85% em 2000
6,83% em 2001
7,88% em 2002

Renda

O controle da inflação faz aumentar a renda média do brasileiro no início do Real. A crise tem efeito inverso. Veja a renda média, em valores de 2006, apurada pelo IBGE:

R$ 864,00 em 1999
R$ 854,00 em 2001
R$ 833,00 em 2002

No alto, Paulinho, da Força Sindical, e Vicentinho, da CUT. Ao lado, Wanderley Luxemburgo, técnico da seleção brasileira.

Ao lado, José Felício, da CUT e Paulinho, da Força Sindical.

DIVISÃO DOS GOVERNISTAS

A queda de popularidade do presidente e as disputas de poder provocam cisão entre os governistas. Com a sucessão presidencial, o racha se aprofunda. O PFL lança como candidata à Presidência da República a ex-governadora do Maranhão, Roseana Sarney. O PSDB se define por José Serra em coligação com o PMDB, que indica a deputada Rita Camata para vice-presidente.

PFL

Um escândalo envolvendo o ex-marido de Roseana Sarney obriga o PFL a retirar a candidatura. O partido se divide. O seu presidente, Jorge Bornhausen, apóia Ciro Gomes, candidato pelo PPS, numa coligação com PDT e PTB. Roseana e seu pai, o ex-presidente José Sarney, apóiam Lula.

PMDB

O PMDB também se divide no apoio a José Serra. O ex-presidente Itamar Franco, a seção paulista do partido, comandada por Orestes Quércia, e o senador paranaense Roberto Requião, fecham com Lula.

PSDB

Mesmo no PSDB há divisões. O governador do Ceará, Tasso Jereissati, apóia Ciro Gomes, seu tradicional aliado na política cearense.

Ao lado, Fernando Henrique Cardoso e Roseana Sarney, governadora do Maranhão.

A ÚLTIMA CRISE DOS ANOS FHC

Mais dificuldades econômicas sacodem o último ano de Fernando Henrique, o ano da sucessão.

Crise

A recessão nos Estados Unidos se agrava com a descoberta de fraudes na contabilidade de empresas norte-americanas. O Brasil ainda enfrenta os efeitos do colapso econômico da Argentina. A dianteira nas pesquisas de opinião pública de Luiz Inácio Lula da Silva, candidato de esquerda, faz ruir a precária estabilidade monetária do Real.

FMI

Disparada do dólar, disparada da inflação, que chega a 27,6% em 2002, desconfiança internacional, falta de crédito para as empresas brasileiras, aumento dos juros e da dívida pública. Com esse cenário, mais uma vez o governo bate às portas do FMI. O país recebe uma ajuda recorde de 30 bilhões de dólares.

Candidatos

O presidente se reúne com os principais candidatos à Presidência da República, que se comprometem a honrar o novo acordo com o Fundo. Inclusive Lula, cuja a retórica no passado era de rompimento com o FMI.

Ao lado, os candidatos a presidente José Serra (PSDB), Ciro Gomes (PPS) e Lula (PT) com Fernando Henrique Cardoso.

LULA VENCE A ELEIÇÃO

Com um discurso de mudança do modelo econômico, o candidato do PT consegue canalizar a insatisfação geral. O petista recebe apoio de sindicatos, de líderes empresariais e de importantes setores das classes médias. O candidato a vice é José Alencar, empresário do setor têxtil, numa aliança com o Partido Liberal.

Serra

José Serra, ainda que tenha divergido dos rumos da economia, é o candidato com a difícil tarefa de defender o governo. O ex-governador do Rio de Janeiro, Anthony Garotinho, candidato pelo PSB, fica em terceiro lugar, seguido de Ciro Gomes, do PPS.

Os números do primeiro turno:

Lula (PT): 46,44%
Serra (PSDB): 23,2%
Garotinho (PSB): 17,87%
Ciro (PPS): 11,97%

Segundo turno

No segundo turno, Lula obtém 61,27% dos votos, contra 38,73% dados a Serra. No dia 1º de janeiro de 2003, o país assiste a uma cena pouco comum. Um presidente da República, eleito pelo voto direto, passa a faixa presidencial ao seu sucessor. A última vez em que o ato se realiza é em 1960, há 42 anos, quando o então presidente Juscelino Kubitschek passa o poder para as mãos do ex-governador paulista Jânio Quadros.

Capítulo 7

DE LULA LÁ AO "MENSALÃO"

2003-2007
Os anos Lula

Com uma elevada dívida pública, inflação em alta e condicionado pelo acordo do FMI, o governo Lula mantém a política de juros altos e cortes de gastos públicos. Frustram-se as expectativas de alteração no modelo econômico prometida durante a campanha eleitoral. O governo é sacudido por escândalos que revelam a instrumentalização partidária do poder público.

O PETISTÉRIO

Ao montar o seu governo, Lula entrega 20 ministérios ao PT e 1 para cada partido aliado. São eles: PCdoB, PDT, PL, PSB, PPS, PTB e PV. Para outras 7 pastas são nomeadas personalidades sem filiação partidária. Também os cargos mais importantes dos ministérios e das empresas estatais são ocupados majoritariamente por pessoas ligadas ao PT.

PMDB e PP

Mais tarde, o governo incorpora setores do PMDB à sua base no Congresso, principalmente os parlamentares ligados ao ex-presidente José Sarney e ao então líder do partido no senado, Renan Calheiros. O PP, liderado por Paulo Maluf, também passa a fazer parte da base governista.

Disputas

O PT ocupa 60% dos ministérios, mas no Congresso sua representação não ultrapassa os 20%. O predomínio petista na máquina federal gera insatisfação e disputas entre os aliados do novo governo. E será o detonador da crise do "mensalão".

No alto, Lula e os ministros Antônio Palocci, da Fazenda, e José Dirceu, da Casa Civil. Abaixo, com Duda Mendonça, publicitário. Ao lado, no sentido horário, Lula com os ministros Antônio Palocci, Jaques Wagner, Olívio Dutra, Ciro Gomes, José Graziano, Humberto Costa e Celso Amorim.

LULA MANTÉM A POLÍTICA ECONÔMICA

Diante de uma difícil realidade econômica e das exigências do acordo com o FMI, Lula opta pela continuação da política econômica do seu antecessor. Para combater a inflação, eleva ainda mais a taxa de juros, que chega a 26,5% em fevereiro de 2003. Ao mesmo tempo, para evitar a expansão do consumo, diminui a oferta de crédito ao aumentar o depósito compulsório das instituições financeiras no Banco Central de 53% para 68%.

CORTE NOS GASTOS E JUROS ALTOS

O governo Lula, no primeiro ano, determina um corte nos gastos de R$ 13 bilhões. O corte na área social é de 12,44%, enquanto nos demais setores, inclusive no de infra-estrutura, chega a 42,07%. O novo ministro da Fazenda, Antônio Palocci, anuncia o aumento do superávit primário. Argumenta que é preciso reduzir a relação entre a dívida pública e o PIB, que em setembro de 2002 chega a 61,7%. A economia para pagamento dos juros da dívida pública, prevista no acordo com o FMI em 4% do PIB, sobe para 4,25%.

Juros

O Banco Central mantém a política de juros altos para conter a inflação. Abaixo, a evolução da taxa básica de juros Selic no governo Lula:

25,5% em janeiro de 2003
16,5% em janeiro de 2004
18,25% em janeiro de 2005
17,25% em janeiro de 2006
13% em janeiro de 2007

Em estudo publicado pela Folha de São Paulo, *em 24 de janeiro de 2007, o Brasil é o país da maior taxa de juros reais do mundo:*

Brasil: 8,6%
Turquia: 7,1%
Israel: 5,0%
China: 4,1%
África do Sul: 3,4%
México: 3,4%
Estados Unidos: 2,7%

LULA SEGURA A INFLAÇÃO E A ECONOMIA

As medidas surtem efeito no combate à inflação. No último ano de Fernando Henrique, em 2002, a inflação chega a 12,53%. No primeiro ano de Lula, fica abaixo de dois dígitos.

Veja os números da inflação (IPCA), medidos pelo IBGE:

9,30% em 2003
7,60% em 2004
5,69% em 2005
3,1% em 2006

Baixo crescimento

O resultado do corte de gastos e dos juros altos é a queda do crescimento econômico em 2003. No ano seguinte, a economia volta a crescer, puxada pelo setor exportador, em um momento de expansão da economia mundial. Em 2005, porém, o desempenho da economia frustra as expectativas.

Veja a evolução do PIB no primeiro governo Lula:

1,1% em 2003
5,7% em 2004
2,9% em 2005
3,7% em 2006

Na média, uma elevação de 3,4% do PIB, sem o "espetáculo do crescimento", prometido pelo presidente em maio de 2003.

Os presidentes José Sarney, Fernando Collor, Itamar Franco, Fernando Henrique e Lula.

DESEMPREGO RECORDE

No primeiro ano de governo, o desemprego bate recorde e a renda cai. Posteriormente, são anunciadas medidas de micro-crédito, como o empréstimo com desconto na folha de pagamento. O objetivo é baixar os juros, estimular o consumo e favorecer a atividade econômica. As medidas terão efeito limitado. A recuperação do emprego e da renda é lenta e pequena. A possibilidade de criação de 10 milhões de empregos, aventada por Lula na campanha eleitoral, fica distante.

DESEMPREGO CONTINUA ALTO

A ociosidade continuará elevada, com queda nos últimos anos. Veja as taxas de desemprego, segundo o IBGE:

11,2% em janeiro de 2003
11,7% em janeiro de 2004
10,2% em janeiro de 2005
9,2% em janeiro de 2006
9,3% em janeiro de 2007

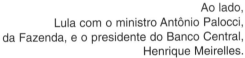

Ao lado,
Lula com o ministro Antônio Palocci,
da Fazenda, e o presidente do Banco Central,
Henrique Meirelles.

SEM DOBRAR O SALÁRIO

A promessa de campanha de dobrar o poder de compra do salário mínimo não se realiza. Mas o salário ganha aumentos, principalmente em 2006, ano da reeleição.

Recuperação

Desde o governo de Itamar Franco, verifica-se uma gradual recuperação do salário. Segundo dados do Ministério do Trabalho e do Procon, o índice de rejuste real do salário mínimo, isto é, descontada a inflação, é o seguinte:

20,7% em 1995-1998
20,5% em 1999-2002
25,3% em 2003-2006

Salário Mínimo

Abaixo, a evolução do salário mínimo desde o lançamento do Plano Real, segundo o IPEA, atualizado em fevereiro de 2007. Os valores são do mês de maio de cada ano:

R$ 172,36 em 1994
R$ 238,07 em 1995
R$ 227,36 em 1996
R$ 227,36 em 1997
R$ 235,54 em 1998
R$ 238,80 em 1999
R$ 251,71 em 2000
R$ 278,51 em 2001
R$ 283,83 em 2002
R$ 282,80 em 2003
R$ 291,82 em 2004
R$ 314,90 em 2005
R$ 357,80 em 2006

RENDA CONTINUA BAIXA

Como resultado do aperto na economia, o rendimento médio mensal dos brasileiros tem queda nos primeiros anos do governo Lula.

Renda média

Veja os números do IBGE, em valores de janeiro de 2007:

R$ 1.127,53 em 2002
R$ 990,38 em 2003
R$ 982,97 em 2004
R$ 1.002,66 em 2005
R$ 1.045,75 em 2006

Segundo estudo do IBGE, de setembro de 2006, o rendimento médio em 2005 é de R$ 805,00. Valor 15,1% menor ao verificado em 1996, no valor de R$ 948,00, o mais alto desde o início do Plano Real, em 1994.

Desigualdade diminui

Assim, a diminuição da desigualdade social é lenta. Veja a queda do coeficiente de Gini, do IPEA. Quanto mais próximo de 1, maior a concentração de renda:

0,604 em 1993
0,600 em 1998
0,589 em 2002
0,581 em 2003
0,572 em 2004
0,544 em 2005

LULA RENOVA COM O FMI

Em 2003, Lula renova o acordo com o FMI, assinado um ano antes por Fernando Henrique. O governo justifica a renovação do acordo, prorrogado até março de 2005, como um "cheque especial" a ser utilizado em caso de nova crise internacional. O FMI faz várias exigências para emprestar 15,5 bilhões de dólares. Entre elas, a economia de 54,2 bilhões de dólares para pagar os juros da dívida. Isto é, de 4,25% do PIB. O Fundo ainda pressiona por reformas, como a da Previdência e a tributária.

Reforma da Previdência

Ainda no governo anterior, várias alterações foram feitas nas aposentadorias dos autônomos e dos trabalhadores do setor privado. As novas medidas do governo Lula modificam as aposentadorias dos servidores públicos civis. Propõe-se a contribuição dos servidores inativos e a criação de fundos de pensão complementar para os novos funcionários.

Déficit

A Previdência é apontada como um dos fatores de desequilíbrio das contas públicas. Em 2006, o rombo é de R$ 42 bilhões. Segundo o governo, o aumento do salário mínimo e os reajustes dos benefícios acima do mínimo seriam as principais causas da elevação do déficit.

Ao lado, Lula com Ricardo Berzoini, então ministro do Trabalho, Antônio Palocci, José Genoino, presidente do PT, e a senadora Heloísa Helena, então da ala dissidente do PT e contrária à reforma da Previdência.
Acima, Ricardo Berzoini já como ministro da Previdência.

DÍVIDA PÚBLICA CONTINUA ALTA

Apesar dos cortes nos gastos, a dívida pública continua alta, ultrapassando a casa do R$ 1 trilhão. Veja a evolução da dívida:

2002: R$ 623,19 bilhões
2003: R$ 731,43 bilhões
2004: R$ 810,26 bilhões
2005: R$ 979,66 bilhões
2006: R$ 1,093 trilhão

Um dos motivos para a elevação da dívida é a alta taxa de juros. A relação dívida/PIB também continua alta:

55,5% em 2002
57,2% em 2003
51,7% em 2004
51,6% em 2005
50% em 2006

Melhoria

Há uma melhoria no perfil da dívida. Diminui a parcela corrigida pela variação do dólar, reduzindo a vulnerabiliade do país às crises externas. Também diminui a parcela dos títulos de curto prazo, entre outros aspectos. Em abril de 2006, o Brasil antecipa pagamento de 5 bilhões de dólares de títulos da dívida externa, previsto para 2024.

PAGANDO ALTO PELOS JUROS

O círculo vicioso de juros altos, aumento da dívida pública e pagamento de juros permanece. Veja as despesas com o pagamento dos juros da dívida, em valores de fevereiro de 2007:

1995-1998: R$ 204 bilhões
1999-2002: R$ 366 bilhões
2003-2006: R$ 591 bilhões

As mesmas despesas em relação ao PIB:

1995-1998: 6,35%
1999-2002: 7,92%
2003-2006: 8,04%

No governo anterior, o lucro médio anual dos cinco maiores bancos foi de R$ 4,3 bilhões. Em 2005, no governo Lula, o lucro médio anual subiu para R$ 14,7 bilhões.

Bancos

Os bancos alegam que a sua lucratividade não se deve apenas à alta remuneração dos títulos públicos. Afirmam que os ganhos de produtividade obtidos em gestão, investimento em tecnologia e a expansão do crédito também ajudariam a explicar o bom desempenho do setor.

No alto, Lula e os ministros Ricardo Berzoini, da Previdência, e Antônio Palocci. Embaixo, com José Viegas Filho, ministro da Defesa.

Delúbio Soares, tesoureiro do PT, José Genoino, presidente do partido, Sílvio Pereira, secretário-geral, José Dirceu, chefe da Casa Civil, e Lula.

EXPLODE O "MENSALÃO"

A revista Veja, *de 14 de maio de 2005, revela esquema de propina nos Correios, empresa estatal que teria diretores indicados pelo PTB. O presidente do partido, deputado Roberto Jefferson, em entrevista à* Folha de São Paulo, *acusa o ministro da Casa Civil, José Dirceu, de ter armado a denúncia. Diz que o tesoureiro do PT, Delúbio Soares, dá mesada de R$ 30 mil a deputados do PP e do PL em troca de apoio ao governo. Cita José Dirceu como o responsável pelo esquema. Segundo Jefferson, a verba provém de fundos de pensão, de empresas estatais e de propinas de empresas privadas. Seria distribuída pelo publicitário mineiro Marcos Valério.*

A CPI DOS CORREIOS

O caso é levado ao Conselho de Ética da Câmara, no qual Roberto Jefferson confirma as acusações. Em 9 de junho de 2005, instala-se uma CPI para investigar o caso. A quebra do sigilo bancário de Marcos Valério revela a lista de sacadores do esquema. Entre eles, parlamentares e assessores. O escândalo atinge deputados do PL, do PP e vários do PT, como o ex-presidente da Câmara, João Paulo Cunha.

Duda Mendonça

A lista também revela saques de Zilmar Fernandes, sócia de Duda Mendonça, publicitário do presidente da República. Duda admite ter recebido dinheiro do caixa dois do PT em contas no exterior. Em depoimento à CPI, o tesoureiro petista Delúbio Soares alega que o dinheiro não era para pagar propina a deputados, mas "recursos não contabilizados" para saldar dívidas de campanha.

Abaixo, Carlos Alberto Parreira, técnico da seleção. Ao lado, debaixo do tapete, Waldomiro Diniz, assessor para assuntos parlamentares da Casa Civil.

A QUEDA DE JOSÉ DIRCEU

Abalado pelas denúncias, o ministro José Dirceu deixa a Casa Civil, em 16 de junho de 2005. A crise arrasta toda a cúpula do PT, acusada de envolvimento no esquema. Em 4 de julho, o Secretário-Geral do partido, Sílvio Pereira, renuncia ao cargo sob a acusação de ser um dos negociadores do "mensalão". Depois, admite ter recebido um jipe de presente de uma empresa fornecedora da Petrobras.

José Genoino

O tesoureiro Delúbio Soares também abandona suas funções e diz que errou ao não informar as movimentações financeiras com Marcos Valério ao presidente do partido, José Genoino. Um assessor do deputado estadual cearense, José Guimarães, irmão do presidente do PT, é preso no aeroporto de Congonhas, em São Paulo, com uma mala contendo 200 mil reais e 100 mil dólares escondidos na cueca. O episódio faz José Genoino deixar a presidência do partido, em 9 de julho.

Luiz Gushiken

O ministro da Secretaria de Comunicação, Luiz Gushiken, deixa o cargo, acusado de manipular fundos de pensão de funcionários de estatais e verba publicitária para o esquema.

Ao lado, José Dirceu com a cúpula do PT: José Genoino, presidente, Sílvio Pereira, secretário-geral, e Delúbio Soares, tesoureiro.

LULA DIZ QUE NADA SABIA

O presidente tenta se distanciar do escândalo que envolve as principais figuras do seu governo e do seu partido. Afirma que não sabia do esquema e que se sente traído pelos seus companheiros. Em entrevista em Paris, reforça a linha de defesa do PT, de que não se trata de propina, mas de caixa dois para financiar as atividades partidárias. E justifica que a utilização de fundos irregulares é prática comum dos partidos políticos no Brasil.

A CPI DOS BINGOS

Lula é atingido por novas denúncias. O presidente do Sebrae, Paulo Okamoto, teria saldado dívidas do presidente com o PT no valor de R$ 29,4 mil. A CPI dos Bingos suspeita que o dinheiro teria saído do esquema de Marcos Valério. Okamoto consegue, na Justiça, evitar a quebra de seu sigilo bancário. Argumenta que a questão foge do alvo das investigações, os bingos.

A CPI havia sido aprovada em 2004, quando um vídeo flagra Waldomiro Diniz, assessor para assuntos parlamentares de José Dirceu, negociando propina com Carlinhos Cachoeira, empresário carioca. Sem que os partidos governistas tenham indicado os seus representantes, o então presidente do Senado, José Sarney, arquiva a CPI. A oposição recorre ao STF e, em 29 de junho de 2005, a CPI dos Bingos é instalada.

Ribeirão Preto

As investigações estabelecem vínculos entre Waldomiro Diniz e Rogério Buratti, ex-secretário de governo de Antônio Palocci, na prefeitura de Ribeirão Preto. Diniz é acusado de impor o nome de Buratti como consultor à empresa GTech, como condição para renovar o contrato de gerenciamento de loterias da Caixa Econômica Federal.

Preso em 17 de agosto, Buratti confessa haver esquema de arrecadação para o PT em Ribeirão Preto, a partir de mesada de empresas de coleta de lixo e empreiteiras. Envolve o governo cubano, que teria enviado 3 milhões de dólares em caixas de rum e uísque para a campanha de Lula, em 2002.

No alto, o ministro da Justiça, Márcio Tomaz Bastos, com Lula e a primeira-dama, Marisa Letícia. Ao lado, Lula com o ex-presidente Jânio Quadros.

O CASO DO CASEIRO

Rogério Buratti também diz que os envolvidos no esquema de Ribeirão Preto alugaram uma mansão em Brasília, tão logo Antônio Palocci tomou posse no Ministério da Fazenda. A casa, segundo Buratti, seria usada para fechar acordos e dividir o dinheiro público desviado. A quebra do sigilo telefônico dos envolvidos revela várias ligações para Juscelino Dourado, chefe de gabinete do ministro.

CPI

Palocci vai ao Congresso e nega que tenha freqüentado a mansão. Na CPI dos Bingos, o motorista Francisco das Chagas, diz ter visto os outros envolvidos distribuindo dinheiro em envelopes no estacionamento do Ministério da Fazenda.

O caseiro Francenildo

Porém, a entrevista do caseiro da mansão, Francenildo Santos Costa, ao jornal O Estado de São Paulo, em 14 de março de 2006, abala a situação do ministro. O caseiro afirma ter visto Palocci diversas vezes na mansão, além de ter presenciado a distribuição de dinheiro em malas.

E acrescenta um detalhe picante ao episódio: a casa também seria usada pela "República de Ribeirão" para fazer festas com garotas de programa.

A QUEDA DE PALOCCI

A revista Época publica, em 17 de março de 2006, extrato da conta bancária de Francenildo Costa na Caixa Econômica Federal, no qual constam dois depósitos no valor de R$ 20 mil. Parlamentares do PT insinuam que o caseiro teria recebido dinheiro da oposição para fazer as denúncias contra Palocci.

Depósitos

Francenildo afirma que os depósitos foram feitos por seu pai biológico, numa negociação de reconhecimento de paternidade. E protesta contra a violação do seu sigilo bancário.

A CPI dos Bingos convoca o caseiro, mas o governo consegue evitar o depoimento, depois de entrar com ação no STF, sob a alegação de que o caso estaria fora do alvo das investigações.

Sigilo

Pressionado, o governo põe a Polícia Federal para investigar o caso. A PF aponta que a violação do sigilo do caseiro partiu da presidência da Caixa. Jorge Matoso, o presidente da instituição, se demite e diz que a ordem veio do Ministério da Fazenda. Em seguida, é a vez de Antônio Palocci deixar o governo, em 27 de março.

No centro, Lula com o ministro da Justiça, Márcio Tomaz Bastos. Ao lado, Guido Mantega, que substituiu Antônio Palocci no ministério da Fazenda.

A PIZZARIA

A CPI dos Correios conclui pela existência do "mensalão" e que a versão de caixa dois é uma "farsa". Aponta que 19 deputados teriam recebido dinheiro do esquema. O relatório, apresentado no dia 29 de março de 2006, isenta o presidente da República.

Procurador-geral da República

Um dia depois, o procurador-geral da República, Antonio Fernando de Souza, informa que apresentou ao STF denúncia contra os envolvidos no mensalão. O procurador-geral afirma que o esquema de corrupção é organizado por uma "quadrilha" para perpetuar-se no poder.

A OAB reúne o seu Conselho Federal para discutir o impeachment do presidente da República. Os conselheiros acreditam não haver disposição no Congresso para abrir um processo de impeachment. Preferem entregar ao procurador-geral da República uma notícia-crime contra Lula.

Os cassados

Dos 19 deputados envolvidos no chamado "mensalão", apesar das evidências e de muitos deles confessarem ter sacado dinheiro das contas de Marcos Valério, apenas três são cassados pelos seus pares: Roberto Jefferson, José Dirceu e Pedro Corrêa. Quatro renunciam ao mandato e os demais são absolvidos.

No centro, Lula com o astronauta Marcos Pontes, tripulante da Estação Espacial. Ao lado, com o governador paulista, Cláudio Lembo.

O BAIXO CRESCIMENTO

Desde os anos 80 o Brasil alterna períodos de algum crescimento com outros de quase nenhum crescimento econômico. Nos dois mandatos de Fernando Henrique Cardoso, de 1995 a 2002, o país cresce a uma média de 2,3% do PIB ao ano. No primeiro mandato do governo Lula, a economia nacional tem um crescimento médio anual de 2,6% do PIB.

Economia mundial

O baixo desempenho econômico do Brasil se torna mais evidente quando comparado com a média de crescimento da economia mundial e dos países emergentes. Segundo estudo da Confederação Nacional da Indústria, de março de 2006, a economia mundial cresceu 3,8% ao ano, enquanto o Brasil cresceu 2,2%, no período de 1996 a 2005.

Países emergentes

Veja a evolução do PIB de alguns países no mesmo período, de acordo com o mesmo estudo da CNI:

China: 7,7%
Índia: 4,4%
Rússia: 4,3%
Polônia: 4,1%
Coréia do Sul: 3,7%
México: 2,1%
África do Sul: 1,7%
Argentina: 0,9%
Brasil: 0,7%

POLÍTICAS DE ASSISTÊNCIA

O governo Lula busca compensar o forte ajuste na economia também com políticas assistenciais. Inicialmente, tenta fazer do programa Fome Zero sua vitrine social. No entanto, é o programa Bolsa-Família a grande ação social da administração petista.

Segundo estudo do economista Márcio Pochman, o gasto social por habitante tem uma pequena queda de -2,73% no período. Veja os números, em valores de março de 2006:

2001-2002: R$ 1.533,77
2003-2005: R$ 1.491,95

Já os gastos com os programas assistenciais de transferência de renda, como o Bolsa-Família, têm um aumento de 11,11%.

CAMPANHA DE POUCO DEBATE

Três principais candidatos se apresentam para concorrer com Lula à Presidência da República: Geraldo Alckmin, ex-governador de São Paulo, pelo PSDB, Heloísa Helena, senadora pelo PSOL, partido surgido da ala radical do PT, e Cristovam Buarque, pelo PDT, senador, ex-PT e ex-ministro da Educação de Lula.

O presidente lidera as pesquisas de opinião pública durante toda a campanha. Elas indicam vitória no primeiro turno. Apoiado em seu favoritismo, o petista não comparece aos debates.

Pouca discussão

Sem confrontos diretos, a oposição não consegue provocar a discussão política. Geraldo Alckmin centra seu discurso nos escândalos da administração do PT. Heloísa Helena critica a política econômica, mas não avança em propostas. Cristovam Buarque se limita a discutir a educação.

Segundo turno

Lula só irá aos debates no segundo turno, depois do abalo de sua campanha provocado por um misterioso dossiê com denúncias contra Alckmin e o candidato do PSDB ao governo do estado de São Paulo, o ex-prefeito José Serra.

No centro, Lula com os candidatos Geraldo Alckmin(PSDB) e Heloísa Helena(PSOL).

O CASO DO DOSSIÊ

Faltando 16 dias para o primeiro turno, a PF prende militantes do PT em São Paulo e Cuiabá. São acusados de negociar com o empresário Luiz Antonio Vedoin a compra do dossiê com denúncias que ligariam o PSDB aos "sanguessugas", deputados envolvidos no desvio de verbas da Saúde para a compra de ambulâncias.

"Aloprados"

O caso do dossiê atinge vários integrantes da campanha de Lula. Muitos deles ligados ao deputado Ricardo Berzoini, que se licencia da presidência do PT e da coordenação da campanha. Também estão envolvidos Freud Godoy, assessor especial de Lula; Jorge Lorenzetti, membro do comitê eleitoral; Oswaldo Barjas, coordenador do programa de Lula para as questões do trabalho; e Hamilton Lacerda, coordenador da campanha do senador Aloizio Mercadante ao governo de São Paulo. Chamados pelo presidente de "aloprados", são expulsos do PT.

Relatório final

O relatório final da PF, apresentado depois das eleições, indicia Mercadante e o seu tesoureiro de campanha, José Baccarin. O presidente do PT, Ricardo Berzoini, e os "aloprados" não são responsabilizados. A CPI dos Sanguessugas inocenta Freud Godoy e não pede o indiciamento dos petistas. Os ex-ministros da Saúde José Serra, Barjas Negri, Saraiva Felipe e Humberto Costa não são citados, segundo a CPI, por ausência de provas. Depois, Mercadante é inocentado pelo procurador-geral da República, Antonio Fernando de Souza.

LULA É REELEITO E PROMETE COALIZÃO

Realiza-se a eleição e por pouco Lula não ganha já no primeiro turno:

Luís Inácio Lula da Silva (PT): 48,61%
Geraldo Alckmin (PSDB): 41,64%
Heloísa Helena (PSOL): 6,85%
Cristovam Buarque (PDT): 2,64%

Privatizações

No segundo turno, Alckmin é batido com folga pelo petista. A campanha do PT convence boa parte do eleitorado que a vitória do PSDB representaria uma volta da política de Fernando Henrique. Lembra da crise econômica e social e das privatizações do governo tucano. Lula obtém 60,8% dos votos e Alckmin 39,2%.

Coalizão

Reeleito, o presidente propõe um governo de coalizão, isto é, um governo sustentado por diversos partidos. A proposta é direcionada especialmente ao PMDB, que consegue eleger a maior bancada da Câmara, com 89 deputados, seguido pelo PT, que faz 83 cadeiras. O PMDB aceita participar da nova administração, juntamente com PT, PP, PSB, PDT, PR, PRB, PCdoB, PTB, PV e outros partidos menores.

LULA LANÇA O PAC

Lula inicia o segundo mandato com o lançamento do Programa de Aceleração do Crescimento. O PAC tem como meta crescimento de 4,5% do PIB em 2007 e 5% nos anos seguintes. As principais medidas:

• Elevação do investimento em obras de infra-estrutura nas áreas de transporte, logística, energia, saneamento e habitação;

• Redução da economia para pagar juros da dívida de 4,25% para 3,75% do PIB;

• Limites para os reajustes salariais dos servidores da União e definição de índice de reajuste do salário mínimo até 2011;

• Isenção de impostos para obras e aplicações financeiras em fundos de infra-estrutura e para insumos da construção civil;

• Estímulo ao financiamento para os setores da habitação e saneamento e criação de um fundo de investimentos em infra-estrutura com recursos do FGTS.

Apoios e críticas

Alguns economistas duvidam que as medidas possam alcançar a meta de crescimento. Criticam o fato delas não mexerem na alta taxa de juros e no real valorizado, que dificulta as exportações. Outros elogiam o programa por mudar a prioridade do governo: da contenção de gastos da época do ministro Antônio Palocci para o crescimento econômico. Empresários criticam a falta de medidas que alterem a legislação trabalhista, o sistema tributário e a Previdência.

PIZZA PARA TODOS

Já que tudo acaba em pizza, esperamos que ela seja servida a todos e não só a alguns.

REFERÊNCIAS

ABC reage à intervenção. **Folha de São Paulo**, São Paulo, 24 mar.1979. Disponível em: <http://www1.folha.uol.com.br/folha/almanaque/brasil_24mar1979.htm>. Acesso em 27 jun. 2005.

A CASA do Lago Sul e outras suspeitas. **O Estado de São Paulo**, São Paulo, 17 mar.2006.

A CASA do lobby. **Folha de São Paulo**, São Paulo, 21 abr.2005.

A MESADA de Palocci segundo Buratti. **Folha de São Paulo**, São Paulo, 20 ago.2005.

ACORDO com FMI fixa prazos para reformas. **Folha de São Paulo**, São Paulo, 18 mar.2003.

AITH, Márcio. Economia enfrenta cinco crise mundiais. **Folha de São Paulo**, São Paulo, 19 dez.2002.

ALMANAQUE ABRIL. São Paulo: Abril, 1994. Anual. 790 p.

ALMANAQUE ABRIL. São Paulo: Abril, 1995. Anual. 790 p.

AMIGOS de Lula na mira. **Folha de São Paulo**, São Paulo, 19 jan.2006.

APERTO fiscal de Lula é o dobro do governo FHC. **Folha de São Paulo**, São Paulo, 1º fev.2007.

BARROS, Guilherme. Erros do cruzado custaram 10 anos, diz Bacha. **Folha de São Paulo**, São Paulo, 26 fev.2006.

BILLI, Marcelo. Brasil compra dívida externa e risco cai 3,5%. **Folha de São Paulo**, São Paulo, 18 jan.2007.

BILLI, Marcelo. Sob Lula, gasto social cai e assistencial sobe, diz estudo. **Folha de São Paulo**, São Paulo, 22 mar.2006.

BOMBA do terror causa morte no Rio; OAB, Câmara Municipal e jornal são atacados. **Folha de São Paulo**, São Paulo, 28 de ago.1980. Disponível em: <http://www1.folha.uol.com.br/folha/almanaque/brasil_28ago19801.htm>. Acesso em 27 jun. 2005.

BRASIL cresce menos que mundo desde 1996. **Folha de São Paulo**, São Paulo, 23 mar.2006.

BRASIL está marcado pela recessão. **Folha de São Paulo**, São Paulo, 28 maio.1984. Disponível em: <http://www1.folha.uol.com.br/folha/almanaque/brasil_28mai1984.htm>. Acesso em 27 jun.2005.

BUENO, Eduardo. **História do Brasil**. São Paulo: Publifolha, 1997. 320 p.

CASA Civil articulava plano para legalizar bingos. **Agora São Paulo**, São Paulo, 22 fev.2004.

CD-ROM FOLHA-EDIÇÃO 99. São Paulo: Publifolha, 1999. 2 CD-ROM.

100 DIAS de crise. **Folha de São Paulo**, São Paulo, 13 set.2005.

CEOLIN, Adriano; SANDER, Letícia; BRAGON, Ranier. CPI pede a cassação de 72 congressistas e inocenta 18. **Folha de São Paulo**, São Paulo, 11 ago.2006.

COLLORGATE. **Folha de São Paulo**, São Paulo, 19 ago.1995. Disponível em: <http://www1.folha.uol.com.br/folha/almanaque/crono_bra_collorgate.htm>. Acesso em 9 mar. 2006.

COMO foram os acordos do Brasil com o FMI. **Folha de São Paulo**, São Paulo, 14 dez.2005.

CORRÊA, Hudson. Relatório final não responsabiliza Berzoini. **Folha de São Paulo**, São Paulo, 23 dez.2006.

CORRÊA, Hudson; SOUZA, Leonardo. PF diz que dinheiro saiu de caixa 2 e indicia Mercadante. **Folha de São Paulo**, São Paulo, 14 mar.2006.

COSTA, Rosa. Caseiro desmente Palocci e revela partilha de dinheiro em mansão. **O Estado de São Paulo**, São Paulo, 23 dez.2006.

CRIADO em 1995, Proer ainda é alvo de críticas. **Folha de São Paulo**, São Paulo, 19 dez.2002.

CRONOLOGIA da reeleição. **Folha de São Paulo**, São Paulo, 3 jun.1998. Disponível em: <http://www1.folha.uol.com.br/folha/almanaque/crono_bra_reelei%E7%E3o_emenda_constitucional.htm>. Acesso em 9 mar. 2006.

CRUZ, Ney Hayashi. BC resiste a pressão e reduz corte do juro. **Folha de São Paulo**, São Paulo, 25 jan.2007.

CRUZ, Ney Hayashi. Dívida federal cresce R$ 470 bi com Lula. **Folha de São Paulo**, São Paulo, 18 jan.2007.

CRUZ, Ney Hayashi. Juros altos dobram déficit público do país. **Folha de São Paulo**, São Paulo, 30 ago.2003.

CRUZ, Ney Hayashi. Socorro do FMI custará US$ 6,15 bi em juros. **Folha de São Paulo**, São Paulo, 9 fev.2005.

DE CHIARA, Márcia. Bancos têm lucro recorde com Lula. **O Estado de São Paulo**, São Paulo, 23 fev.2006.

DELGADO, Malu. Petista construiu ponte entre CUT e Dirceu. **Folha de São Paulo**, São Paulo, 19 set.2006.

DICIONÁRIO HISTÓRICO-BIOGRÁFICO BRASILEIRO PÓS-1930. 2ª ed. Rev. e atualiz. Rio de Janeiro: Ed. FGV, 2001. 5v.Il. (1. Ed. 1984). Disponível em: <http://www.cpdoc.fgv.br/comum/html/>. Acesso em 19 fev.2007.

DINHEIRO para pagar o FMI sairá das reservas internacionais. **Folha de São Paulo**, São Paulo, 14 dez.2005.

DÍVIDA externa cai e interna sobe no Brasil. **Folha de São Paulo**, São Paulo, 16 jan.2007.

DÍVIDA pública supera casa do R$ 1 trilhão . **Folha de São Paulo**, São Paulo, 31 jan.2006.

DUDA é suspeito de movimentar US$ 15 mi. **Folha de São Paulo**, São Paulo, 22 jan.2006.

FAUSTO, Boris. **História do Brasil**. 2.ed. São Paulo: Edusp/FDE, 1995. 654 p.

FILGUEIRAS, Sônia; MENDES, Vannildo; SCINOCCA, Ana Paula. Preso diz à PF nome de petista que mandou comprar dossiê de Vedoin. **O Estado de São Paulo**, São Paulo, 18 set.2006.

FOLHA ONLINE/ BANCO DE DADOS FOLHA /ACERVO ON LINE /ALMANAQUE/ brasil/cronologia/1970. **UOL**: São Paulo, [s.d.]. Disponível em: <http://almanaque.folha.uol.com.br/brasil70.htm>. Acesso em 20 fev.2006.

FOLHA ONLINE/ BANCO DE DADOS FOLHA /ACERVO ON LINE /ALMANAQUE/ brasil/cronologia/1980. **UOL**: São Paulo, [s.d.]. Disponível em: <http://almanaque.folha.uol.com.br/brasil80.htm>. Acesso em 20 fev.2006.

FOLHA ONLINE/ BANCO DE DADOS FOLHA /ACERVO ON LINE /ALMANAQUE/ brasil/cronologia/1990. **UOL**: São Paulo, [s.d.]. Disponível em: <http://almanaque.folha.uol.com.br/brasil90.htm>. Acesso em 20 fev.2006.

FOLHA ONLINE/ BANCO DE DADOS FOLHA /ACERVO ON LINE /ALMANAQUE/ Especiais/ Real. **UOL**: São Paulo, [s.d.]. Disponível em: <http://almanaque.folha.uol.com.br/cro_bra_real.htm>. Acesso em 9 mar.2006.

FRAGA, Érica; CRUZ, Ney Hayashi. Dívida pública dobra, déficit externo explode e ameaça estabilidade. **Folha de São Paulo**, São Paulo, 19 dez.2002.

FRAGA, Érica; CRUZ, Ney Hayashi. Juro consome alta de impostos; gastos sociais contêm miséria. **Folha de São Paulo**, São Paulo, 19 dez.2002.

FRAGA, Érica; CRUZ, Ney Hayashi. Menor inflação da história aumenta poder de compra. **Folha de São Paulo**, São Paulo, 19 dez.2002.

FREITAS, Silvana de. OAB vê omissão de Lula e faz pedido de investigação. **Folha de São Paulo,** São Paulo, 6 jun.2006.

FREITAS, Silvana de. Procurador livra Mercadante de investigação. **Folha de São Paulo,** São Paulo, 23 fev.2007.

FREUD é inocentado em relatório. **Folha de São Paulo**, São Paulo, 15 dez.2006.

EFEITOS na economia da receita de um médico. **O Globo**, Rio de Janeiro, 28 mar.2006.

ENTENDA os C-Bonds. **Folha de São Paulo**, São Paulo, 7 jul.2005.

GOIS, Antônio; LAGE, Janaina. Renda aumenta pela 1ª vez desde 1996. **Folha de São Paulo**, São Paulo, 16 set.2006.

GHEDINE, André; ALVES, Danilo Janúncio; PIRES, Elaine Muniz; BECHARA, Sérgio. Golpe Militar 40 anos. Folha Online/Banco de Dados Folha/Almanaque. **UOL**. São Paulo, 2004. Disponível em: <http://almanaque.folha.uol.com.br/ditadura_cronologia.htm>. Acesso em 20 fev. 2006.

IPEADATA/Dados Macroeconômicos e regionais/Instituto de Pesquisa Econômica Aplicada/séries mais usadas/emprego/todas/taxa de desemprego-aberto-referência:30 dias-RMS. Disponível em: <http://www.ipeadata.gov.br/ipeaweb.dll/NSerie?SessionID=1353646103&SERID=36465_1&NoCache=25924453&ATEMP=F>. Acesso em 1 out.2006.

IPEADATA/Dados Macroeconômicos e regionais/Instituto de Pesquisa Econômica Aplicada/séries mais usadas/emprego/todas/taxa de desemprego-referência:30 dias-RMs. Disponível em: <http://www.ipeadata.gov.br/ipeaweb.dll/NSerie?SessionID=1353646103&SERID=40326_1&NoCache=25924453&ATEMP=F>. Acesso em 1 out.2006.

IPEADATA/Dados Macroeconômicos e regionais/Instituto de Pesquisa Econômica Aplicada/séries mais usadas/emprego/todas/taxa de desempre-referência:30 dias-RMSP. Disponível em: <http://www.ipeadata.gov.br/ipeaweb.dll/NSerie?SessionID=941752392&SERID=37655_1&NoCache=25617453ATEMP=F>. Acesso em 1 out.2006.

IPEADATA/Dados Macroeconômicos e regionais/Instituto de Pesquisa Econômica Aplicada/séries mais usadas/PIB-variação real anual. Disponível em: <http://www.ipeadata.gov.br/ipeaweb.dll/ipeadata?85442296>. Acesso em 1 out.2006.

IPEADATA/Dados Macroeconômicos e regionais/Instituto de Pesquisa Econômica Aplicada/séries mais usadas/renda-desiguladade-coeficiente Gini. Disponível em: <http://www.ipeadata.gov.br/ipeaweb.dll/NSerie?SessionID=941752392&SERID=37818_12&NoCache=25280296ATEMP=F>. Acesso em 1 out.2006.

LO PRETE, Renata. PT dava mesada de R$ 30 mil a parlamentares, diz Jefferson. **Folha de São Paulo**, São Paulo, 6 jun.2005.

LULA defende os deputados acusados de mensalão. **Agora São Paulo**, São Paulo, 8 out.2005.

MAIS bombas no carro. **Folha de São Paulo**, São Paulo, 2 maio.1981. Disponível em: <http://www1.folha.uol.com.brfolha/almanaque/brasil_02mai1981.htm>. Acesso em 27 jun. 2005.

MATOS, Adriana. Dólar caro leva empresas ao 'desespero'. **Folha de São Paulo**, São Paulo, 19 dez.2002.

MUGNATTO, Sílvia. Palocci admite que o orçamento pode ter corte. **Folha de São Paulo**, São Paulo, 28 jan.2003.

MONTEIRO, Tânia; MENDES, Vannildo. Palocci tentou utilizar Abin em operação contra caseiro. **O Estado de São Paulo**, São Paulo, 4 abr.2006.

NOGUEIRA, Rui. Crise avança sobre todos os homens do presidente. **O Estado de São Paulo, São Paulo**, 20 set.2006.

NOSSO SÉCULO. São Paulo: Abril, v.5, 1980. 292 p.

NOVA Constituição entra em vigor; termina transição para democracia. **Folha de São Paulo**, São Paulo, 5 out.1988. Disponível em <http://www1.folha.uol.com.brfolha/almanaque/brasil_05out1988.htm>. Acesso em 27 jun. 2005.

O DOMINÓ do PT. Petista que já caíram desde o início da crise. **Folha de São Paulo**, São Paulo, 28 mar.2006.

O EXÉRCITO adverte comunistas. **Folha de São Paulo**, São Paulo, 27 nov.1979. Disponível em: <http://www1.folha.uol.com.brfolha/almanaque/brasil_27nov1979.htm>. Acesso em 27 jun. 2005.

O FUNDO e o Brasil. **Folha de São Paulo**, São Paulo, 14 nov.1998. Disponível em: <http://www1.folha.uol.com.brfolha/almanaque/crono_bra_fmi_brasil.htm>. Acesso em 9 mar.2006.

89% do dinheiro da venda das estatas veio com FHC. **Folha de São Paulo**, São Paulo, 19 dez.2002.

OS ACORDOS Brasil-FMI desde 1998. **Folha de São Paulo**, São Paulo, 19 dez.2002.

OS ANISTIADOS já estão livres. **Folha de São Paulo**, São Paulo, 31 ago.1979. Disponível em: <http://www1.folha.uol.com.brfolha/almanaque/brasil_31ago1979.htm>. Acesso em 27 jun. 2005.

OS NÚMEROS da PNAD. **Folha de São Paulo**, São Paulo, 30 nov.2005.

OS REAJUSTES do mínimo. **Folha de São Paulo**, São Paulo, 26 jan.2006.

PALOCCI anuncia o maior aperto fiscal do Real. **Folha de São Paulo**, São Paulo, 8 fev.2003.

PALOCCI reafirma pontos polêmicos ao FMI. **Folha de São Paulo**, São Paulo, 11 abr.2003.

PARA a PF, Berzoini mandou comprar dossiê. **Agora São Paulo**, São Paulo, 26 nov.2006.

PATU, Gustavo. FMI desconfia do Real e evita três quebras. **Folha de São Paulo**, São Paulo, 19 dez.2002.

PELA 1ª vez desde 1950, o PIB cresceu acima de 4% com inflação abaixo de 10% e bom superávit comercial. **Folha de São Paulo**, São Paulo, 1º jan.2005.

PERES, Leandra; DIAS LEITE, Pedro. Problema fiscal do INSS cabe a Mantega, afirma Machado. **Folha de São Paulo**, São Paulo, 1º fev.2007.

PERES, Leandra. Recompra de dívida externa gera economia de US$ 9,3 bi. **Folha de São Paulo**, São Paulo, 22 ago.2006.

PIMENTEL, LUÍS. **Entre sem bater!** O humor na imprensa: do Barão de Itararé ao Pasquim21. Rio de Janeiro: Ediouro. 2004. 112p.

PLANO depende de empresários e oposição. **Folha de São Paulo**, São Paulo, 23 jan.2007.

PP quer a Constituinte; PT quer chegar ao poder. **Folha de São Paulo**, São Paulo, 11 jan.1980. Disponível em :<http://www1.folha.uol.com.br/folha/almanaque/brasil_11jan1980.htm>. Acesso em 27 jun. 2005.

PRIVATIZAÇÕES do setor energético. **Folha de São Paulo**, São Paulo, 16 set.1998. Disponível em: <http://www1.folha.uol.com.brfolha/almanaque/crono_bra_setor_energetico_privatiza%E7ao.htm>. Acesso em 9 mar. 2006.

PROER. **Folha de São Paulo**, São Paulo, 11 nov.1996. Disponível em: <http://www1.folha.uol.com.brfolha/almanaque/crono_bra_proer.htm>. Acesso em 9 mar. 2006.

QUEM é quem na crise do mensalão. **Agora São Paulo**, São Paulo, 5 set.2005.

QUEM é Rogério Buratti. **Folha de São Paulo**, São Paulo, 20 ago.2005.

RESULTADO final. **Agora São Paulo**, São Paulo, 3 out.2006.

RETRATO DO BRASIL. São Paulo: Política/Três, 1984. 2 v. 535p.

RODRIGUES, Fernando. Coalizão de FHC começou e terminou com o Plano Real. **Folha de São Paulo**, São Paulo, 19 dez.2002.

RODRIGUES, Fernando. CPIs terminam com muitos indiciados e poucos punidos. **Folha de São Paulo**, São Paulo, 22 jun.2006.

ROLLI, Cláudia; FERNANDES, Fátima. Lula enfrenta maior desemprego da história. **Folha de São Paulo**, São Paulo, 16 fev.2003.

ROLLI, Cláudia. Reivindicações passam do ataque para defesa. **Folha de São Paulo**, São Paulo, 19 dez.2002.

ROSSI, Clóvis. Presidente diplomata fez sucesso lá fora. **Folha de São Paulo**, São Paulo, 19 dez.2002.

SANDER, Leticia; ZANINI, Fábio. Câmara absolve Janene, o último mensaleiro. **Folha de São Paulo**, São Paulo, 7 dez.2006.

SANTOS, Chico; MEDINA, Humberto; PATU, Gustavo. Celular fica pop e país raciona energia depois da privatização. **Folha de São Paulo**, São Paulo, 19 dez.2002.

SAQUES mostrados na quebra de sigilo. **Folha de São Paulo**, São Paulo, 22 jul.2005.

SASSARRÃO, Rose. Desemprego bate recorde em SP. **Agora São Paulo**, São Paulo, 22 maio.2003.

77 MILHÕES passam fome. **Folha de São Paulo**, São Paulo, 31 ago.1979. Disponível em:<http://www1.folha.uol.com.brfolha/almanaque/brasil_09abr1986.htm>. Acesso em 27 jun. 2005.

SILVA, José Cláudio Ferreira da; MICHEL, Renaut. A Macroeconomia da Concentração de Renda e da Estagnação. In: SICSÚ, João; DE PAULA, Luiz Fernando; MICHEL Renault(Orgs.). **Novo-desenvolvimentismo**. Um projeto nacional de crescimento com eqüidade social. São Paulo: Manole/Konrad Adenauer Stiftung, 2005. p165-188.

SOARES, Pedro. Desemprego fecha ano com média de 10%. **Folha de São Paulo**, São Paulo, 26 jan.2007.

SOARES, Pedro. Inflação fica em 3,1%, a menor desde 98. **Folha de São Paulo**, São Paulo, 19 dez.2002.

SOUZA, Josias de. 'Brasil velho' produz turbulências em série. **Folha de São Paulo**, São Paulo, 19 dez.2002.

TRIBUNAL SUPERIOR ELEITORAL. Eleições. Resultados. Eleições de 1994. Brasília, 9 out.2001. Disponível em: <http://www.tse.gov.br/eleicoes/resultados/1994/1_turno/pres_zz_br.htm>. Acesso em 23 mar.2006.

TRIBUNAL SUPERIOR ELEITORAL. Eleições. Resultados. Eleições de 1998. Brasília, 31 maio1999. Disponível em: <http://www.tse.gov.br/eleicoes/resultados/1998/1_turno/pres_br.htm>. Acesso em 23 mar.2006.

ULHÔA, Raquel. Mesmo sob pressão, Sarney diz que não indicará CPI. **Folha de São Paulo**, São Paulo, 10 mar.2004.

VAZ, Rubem. A dívida social. Veja, 8 set.1971

VEJA os cortes no orçamento. **Agora São Paulo**, São Paulo, 8 fev.2003.

VERSÃO do PT de que houve caixa 2 é 'farsa', diz relator. **Folha de São Paulo**, São Paulo, 30 mar.2006.

VIDA NOVA. Veja o que a Nova Constituição trouxe para melhorar sua vida. **Oposição Unida**, Natal, 1988. 8p.

VIEIRA, Fabrício. Brasil segue como o campeão de taxas reais. **Folha de São Paulo**, São Paulo, 24 jan.2007.

VIEIRA, Fabrício. Desemprego cresce; renda per capita sobe menos de 1% ao ano. **Folha de São Paulo**, São Paulo, 19 dez.2002.

O AUTOR

Cláudio de Oliveira é jornalista formado pela Universidade Federal do Rio Grande do Norte, com especialização em artes gráficas na Escola Superior de Artes Industriais de Praga, República Tcheca. Iniciou-se como profissional em 1976, no jornal Tribuna do Norte. Atualmente é chargista do jornal **Agora São Paulo.** Participou e foi premiado em diversos salões de humor no Brasil e no exterior. Recebeu o Prêmio Vladmir Herzog na categoria arte de 1996, o troféu HQ Mix de 1999 de melhor livro de charges e a medalha Angelo Agostini de melhor chargista de São Paulo, em 2002. É autor dos livros **O Que Vier Eu Traço, Já Era Collor** *(co-autoria)*, **Pittadas de Maluf** e **Lula, Ano Um.**